어린 왕자

The Little Prince

어린 왕자 (한글판)

저 자 앙투안 생텍쥐페리
발행인 고본화
발 행 반석출판사
2024년 12월 5일 초판 35쇄 인쇄
2024년 12월 10일 초판 35쇄 발행
반석출판사 www.bansok.co.kr
이메일 bansok@bansok.co.kr

07547 서울시 강서구 양천로 583. B동 1007호
(서울시 강서구 염창동 240-21번지 우림블루나인 비즈니스센터 B동 1007호)
대표전화 02) 2093-3399 **팩 스** 02) 2093-3393
출 판 부 02) 2093-3395 **영업부** 02) 2093-3396
등록번호 제315-2008-000033호

ISBN 978-89-7172-436-1 (03840)

어린 왕자

The Little Prince

생텍쥐페리 지음
이화승 옮김

Bansok

레옹 베르트에게 바침

어린이들이여, 용서해다오! 내가 이 책을 어른에게 바치는 것을. 하지만 진지한 이유가 있다. 이 사람은 내 가장 친한 친구이다. 또 다른 이유는 그가 모든 것을, 심지어 어린이 책도 이해할 수 있는 사람이라는 것이다. 그리고 세 번째 이유도 있다. 그는 프랑스에서 살고 있는데, 춥고 배고픈 생활을 하고 있기 때문에 내가 용기를 줄 필요가 있다.
여러분은 내 변명을 받아들이겠는가?
받아들일 수 없다면 헌사를 다시 쓰겠다. 어린 시절의 내 친구에게 이 책을 바친다고. 어른들은 누구나 처음엔 어린이였으니까(하지만 그걸 기억하는 어른은 거의 없다).
그래서 헌사를 이렇게 수정하겠다.

어린 소년일 때의 레옹 베르트*에게 바침

*레옹 베르트 : 1878~1955. 프랑스 작가로서 유태인이며 평화주의자이자 무정부주의자였다. 생텍쥐페리와는 10여년 간 우정을 나눈 절친한 친구 사이였음.

I

여섯 살 때 나는 "자연의 실제 이야기"라는 원시림에 관한 책에서 신기한 그림을 본 적이 있다. 바로 동물을 삼키고 있는 보아 구렁이 그림이었다. 위의 그림은 그것을 그대로 그려본 것이다.

책에는 이렇게 씌어 있었다. "보아 구렁이는 먹이를 씹지 않고 통째로 삼킨다. 그리고는 꼼짝 하지 않고 소화시키기 위해 여섯 달 동안 잠을 잔다."

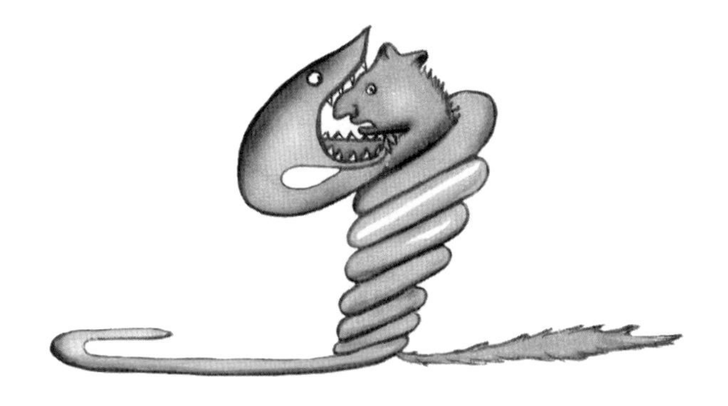

그래서 나는 밀림의 모험에 대해 한참 생각해 보고 난 다음 색연필로 내 첫 번째 그림을 완성시켰다. 바로 내 그림 제1호다. 즉, 이 그림이다.

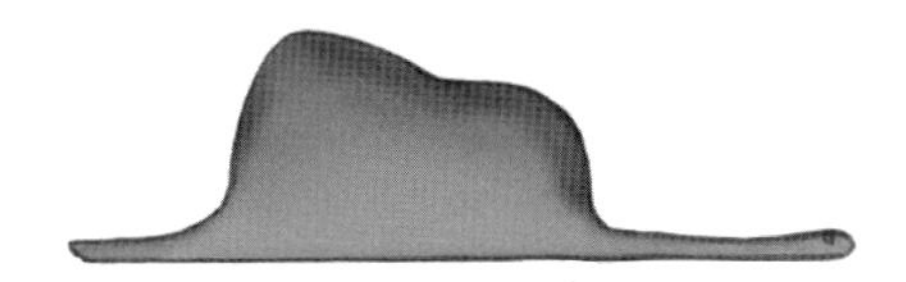

내 걸작을 어른들에게 보여 주면서 그림이 무섭지 않느냐고 물어봤다. 그들은 "모자가 왜 무섭다는 거니?"라고 대답했다.

그것은 모자 그림이 아니었다. 코끼리를 소화시키는 보아 구렁이었다.

그래서 어른들이 이해할 수 있도록 보아 구렁이의 속을 그렸다. 어른에겐 언제나 설명을 해줘야만 한다. 내 그림 제2호는 이렇다.

어른들은 대답은, 속이 보이거나 안 보이는 보아 구렁이 그림들은 집어치우고 지리, 역사, 수학 그리고 문법에 관심을 가져 보라고 충고해 주었다. 그래서 나는 여섯 살에 화가라는 멋진

직업을 포기했다. 내 그림 제1호와 제2호가 실패한 데 낙심하고 만 것이다. 어른들은 결코 아무것도 스스로 이해하지 못한다. 어린이가 언제나 계속 설명을 해줘야 하니 피곤한 노릇이 아닐 수 없다.

그래서 나는 다른 직업을 선택하게 되어 비행기 조종술을 배우고 세계 곳곳을 날아다녔다. 따라서 지리학은 정말 큰 도움이 되었다. 한번 척 보고도 중국과 애리조나를 구별할 수 있게 된 것이다. 밤에 길을 잃었을 때 그런 지식은 아주 유용한 것이다.

이렇게 살아오면서 중요한 일에 종사하는 수많은 사람들을 만나보았다. 어른들 틈에서 살아온 것이다. 나는 가까이서 그들과 친근하게 지내왔다. 그렇다고 그들에 대한 내 평가가 그리 나아진 건 없었다.

조금 총명해 보이는 사람을 만날 때면 나는 늘 간직하고 있던 그림 제1호를 보여주어 그 사람을 시험해 보았다. 그가 정말로 이해력이 있는 사람인지 알고 싶었던 것이다. 그러나 남자든 여자든 으레 "그건 모자군." 하고 대답하는 것이었다. 그러면 나는 그에게 보아 구렁이도 원시림도 별(星)도 이야기하지 않았다. 나를 그의 수준으로 낮춰 그가 이해할 수 있게 브리지 게임이나 골프, 정치, 넥타이 따위를 화제에 올렸다. 그러면 어른들은 아주 교양 있는 청년을 알게 되었다고 몹시 기뻐했다.

2

그래서 6년 전 사하라 사막에서 비행기 사고를 당할 때까지 나는 마음을 터놓고 진실어린 이야기를 할 수 있는 상대를 갖지 못한 채 외로이 살아왔다. 비행기의 어떤 부분이 고장 나 버린 것이다. 정비사도 승객도 아무도 없었으므로 나는 혼자서 어려운 수리를 시도해보았다. 그것은 나에게 생명이 걸린 문제였다. 일주일 동안 마실 물밖에는 없었던 것이다.

첫날밤 나는 인간의 주거지역에서 천 마일이나 떨어진 사막에서 잠이 들었다. 대양 한가운데 떠 있는 뗏목 위의 난파선원보다 나는 더 고립되어 있었다. 그러니 동이 틀 무렵, 묘한 목소리가 나를 깨웠을 때 내가 얼마나 놀랐을지 상상할 수 있을 것이다. 그 목소리는 이렇게 말했다.

"저…, 양을 한 마리 그려 줘!"

"뭐라고?"

나중에 내가 그를 그린 그림 중에서 가장 잘된 것이 여기 있다.

Here is the best portrait that, later,
I was able to make of him.

"양 한 마리를 그려 달라고."

나는 기겁을 하고 벌떡 일어섰다. 간신히 눈을 뜨고 주위를 잘 둘러보았다. 그랬더니 아주 특이하게 생긴 조그마한 아이가 나를 진지한 얼굴로 살펴보며 서 있는 것이었다. 나중에 내가 그를 그린 그림 중에서 가장 잘된 것이 여기 있다. 하지만 내 그림은 실물보다는 확실히 덜 매력적이다. 그것은 내 잘못이 아니다. 여섯 살 때 화가로서의 내 경력은 어른들에 의해 좌절되었기 때문이다. 나는 속이 보이거나 안 보이는 보아 구렁이 외에는 아무것도 그려 본 적이 없었다.

어쨌든 나는 눈을 휘둥그레 뜨고 이 유령을 바라보았다. 내가 인간 거주 지역에서 천 마일이나 떨어져 있다는 사실을 잊지 말아 주길 바란다. 그런데 이 어린아이는 길을 잃은 것처럼 보이지도 않았고 지치거나 배고프거나 목이 마른 것 같지도 않았다. 인간 거주 지역에서 천 마일이나 떨어진 사막 한가운데에서 길을 잃은 어린아이 같은 모습은 찾아볼 수 없었다. 가까스로 정신을 차리고 내가 말을 걸었다.

"그런데… 여기에서 뭐 하는 거니?"

그러자 그는 아주 천천히 그리고 진지하게 말을 되풀이했다.

"부탁이야… 양을 한 마리 그려 줘."

어떤 신비스러운 일이 너무나 압도적인 경우에는 누구도 감히 거역하지 못하는 법이다. 사람 사는 지역에서 수천 마일 떨어진 곳에서 죽음의 위험에 직면한 와중에 물론 엉뚱한 짓이라고 느껴지기는 했지만 나는 주머니에서 종이 한 장과 만년필을 꺼냈다. 그러나 내가 공부한 것은 지리, 역사, 수학, 문법이라는 생각이 나서, 나는 어린 친구에게 그림을 그릴 줄 모른다고(다소 불쾌하기도 했다) 말했다. 그는 대답했다.

"상관없어. 양을 그려 줘."

양은 그려 본 적이 없었으므로 나는 전에 자주 그렸던 두 가지 그림 중의 하나를 그려 주었다. 겉만 보이는 보아 구렁이 말이다. 그리고 나는 어린 친구의 반응에 깜짝 놀라고 말았다.

"아냐, 아냐, 보아 구렁이 속의 코끼리는 필요 없어. 보아 구렁이는 아주 위험해. 그리고 코끼리는 아주 거추장스럽고. 내가 사는 곳은 모든 것이 아주 작거든. 내가 원하는 건 양이야. 양을 그려 줘."

그래서 나는 양을 그렸다. 그는 주의 깊게 바라보더니 말했다.

"안 돼! 이 양은 벌써 병들었어. 다시 그려 줘."

그래서 나는 다시 그렸다. 내 친구는 상냥하고도 너그러운 미소를 지었다.

"잘 봐요. 이건 양이 아니라 염소잖아. 뿔이 있으니까."

그래서 난 또 다시 그렸다. 그러나 그것도 마찬가지로 거부당하고 말았다.

"이건 너무 늙었어. 난 오래 살 수 있는 양을 갖고

싶어."

이때쯤 내 인내심도 바닥이 나고 말았다. 왜냐하면 이제 서둘러 비행기를 분해해야만 했기 때문이다. 그래서 이 그림을 대충 그려 놓고 한 마디 설명을 던졌다.

"이건 그냥 상자야. 네가 원하는 양은 그 안에 있어."

어린 감정가의 얼굴이 밝아지는 걸 보고 나는 깜짝 놀라고 말았다.

"이게 바로 내가 원하던 거야! 양에게 풀을 많이 줘야 해?"

"왜 그러는데?"

"내가 사는 곳은 모든 게 아주 작거든…"

"그놈에겐 충분한 풀이 있을 거다. 내가 준 건 아주 작은 양이니까."

그는 고개를 숙여 그림을 들여다보았다.

"그다지 작지도 않은 데. 이것 봐! 잠들었네."

이렇게 해서 나는 어린 왕자와 아는 사이가 되었다.

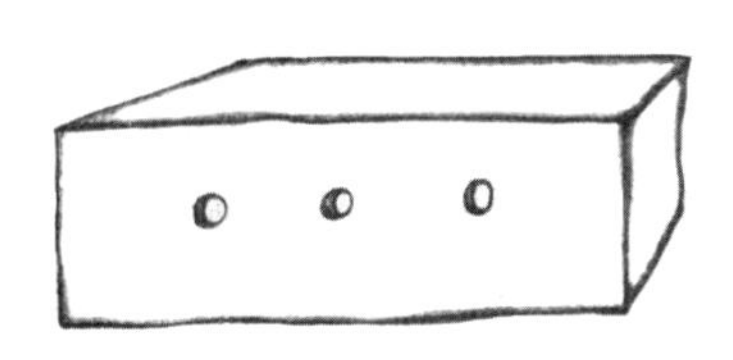

3

그가 어디에서 왔는지를 아는 데는 오랜 시간이 걸렸다. 어린 왕자는 내게 수많은 질문을 던지면서도 내 질문에는 결코 귀를 기울이는 것 같지 않았다. 그가 우연히 흘린 말들이 조금씩 모든 것을 알게 해주었다. 예를 들면 내 비행기를 처음 봤을 때(내 비행기는 그리지 않겠다. 너무 복잡한 것이니까) 그는 이렇게 물었다.

"저 물건이 뭐야?"

"그건 물건이 아니야. 날아가는 거야. 비행기라는 거야. 내 비행기야."

내가 날아갈 수 있다는 것을 그에게 가르쳐 주면서 나는 우쭐해졌다. 그러자 그가 소리쳤다.

"뭐라고요! 당신이 하늘에서 떨어졌다고?"

"그래." 나는 겸손하게 대답했다.

"야! 재미있다."

그리고는 어린 왕자가 귀엽게 웃음을 터뜨린 것이 무척이나 내 신경을 건드렸다. 내 불행을 진지하게 생각해 주길 바란 것이다.

"그럼 당신도 하늘에서 왔군! 어느 별에서 왔지?"

그때 나는 그의 존재의 헤아릴 수 없는 비밀을 이해하는 데 한 줄기 빛을 발견하고 불쑥 물었다.

"너는 다른 별에서 왔구나?"

그러나 그는 대답하지 않았다. 그의 시선이 내 비행기에 고정된 채 부드럽게 고개를 들었다.

"저걸 타고선 그다지 멀리서 오지는 못했겠군…"

그리고 한참 동안 깊은 생각에 잠겼다가, 주머니에서 내가 그려 준 양을 꺼내어 그 보물을 골똘히 들여다보았다.

"다른 별"이라는, 그가 내비친 비밀에 대해 내 호기심이 얼마나 자극받았을지 여러분은 상상할 수 있을 것이다.

"꼬마 친구, 넌 어디서 왔지? '내가 사는 곳'이란 대체 어디지? 네 양을 어디로 데려가려는 기니?"

그는 말없이 생각에 잠겼다가 대답했다.

"당신이 준 상자가 밤에는 집이 될 테니까 잘됐어."

"그야 그렇지. 그리고 네가 착하게 굴면 낮에 양을 묶어 놓을 수 있는 끈과 말뚝도 주지."

하지만 어린 왕자는 이 제안에 충격을 받은듯했다.

"묶어 놓다니? 아주 이상한 생각이네!"

"하지만 묶어 놓지 않으면 어딘가에 가서 헤매다가 길을 잃을 수도 있어."

내 친구는 다시 웃음보를 터뜨렸다.

"양이 어딜 간다고 생각하는 거야?"

"어디든지. 곧장 앞으로."

그랬더니 어린 왕자는 진지하게 말했다.

"괜찮아. 내가 사는 곳은 모든 것이 아주 작으니까!"

그리고 아마 좀 슬픈 분위기로 다시 말했다.

"앞으로 쭉 가도 멀리 갈 수는 없어."

소혹성 B-612호에 있는 어린왕자

The Little Prince on Asteroid B-612

4

이렇게 해서 나는 아주 중요한 두 번째 사실을 알게 되었다. 그것은 그가 살던 별이 집 한 채보다 크지 않다는 것이다!

그것은 나에게 크게 놀라운 일은 아니었다. 지구, 목성, 화성, 금성같이 이름을 붙여 놓은 큰 혹성 말고도 수백 개의 다른 별들이 있는데 어떤 것들은 너무 작아서 망원경으로도 거의 보이지 않는다는 것을 나는 잘 알고 있었던 것이다. 천문학자가 그런 별을 발견하면 이름 대신 번호를 붙여준다. 이를테면, "소혹성 325호" 라고 부르는 것이다.

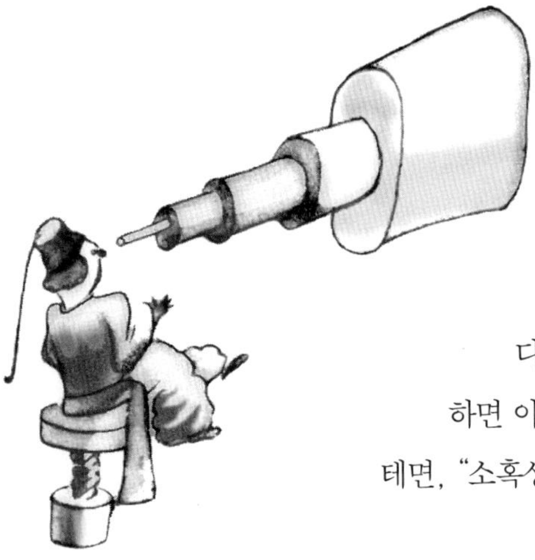

나는, 어린 왕자가 살던 별이 소혹성 B-612호라고 믿을 만한 상당한 근거를 가지고 있다. 그 혹성은 딱 한 번 망원경에 포착된 일이 있다. 바로 1909년에 터키의 천문학자에 의해서다.

이 천문학자는 국제 천문학회에서 자신의 발견을 훌륭히 증명해 보였다. 그러나 그가 입은 터키 의복 때문에 아무도 그의 말을 믿지 않았다. 어른들이란 이런 식이다.

그러나 터키의 독재자가 국민들에게 서양식 옷을 입지 않으면 사형에 처한다는 법을 만든 것은 소혹성 B-612호의 명성을 위해서 다행스러운 일이었다. 그래서 천문학자는 1920년에 아주 멋있는 옷을 입고 다시 증명을 했다. 그러자 이번에는 모두들 그의 주장을 받아들였다. 내가 소혹성 B-612호에 관해 이렇게까지 자세히 이야기하고 그 번호까지 일러주는 것은 어른들 때문이다. 어른들은 숫자를 좋아한다. 어른에게 새로 사귄 친구에

대해 이야기를 해도 그들은 가장 본질적인 것을 물어보는 일은 없다.

"그 애 목소리는 어떠니? 그 애가 제일 좋아하는 놀이는 뭐지? 나비를 수집하니?" 그들은 절대 이런 질문을 하지 않는다. 대신에, "나이가 몇이지? 형제는 몇이고? 체중은 얼마지? 아버지는 돈을 얼마나 벌어?" 라고 묻는다. 이런 숫자를 통해 그 친구를 파악했다고 생각하는 것이다. 만약 어른들에게,

"창문에는 제라늄 화분이 있고 지붕에는 비둘기가 있는 장밋빛 벽돌집을 보았어요."라고 말하면 그들은 그 집에 관해 어떤 단서도 얻지 못한다. 따라서 그들에게는 "십만 프랑짜리 집을 봤어요." 라고 말해야 한다. 그러면 그들은 "아, 정말 대단한 집이구나!" 하고 소리친다.

그러니까, "어린 왕자가 존재했다는 증거로 그는 매혹적이었

고, 웃었고, 양 한 마리를 가지고 싶어 했어. 어떤 사람이 양을 갖고 싶어 한다면 그건 그가 존재한다는 증거야." 라고 말한들 그게 어른들에게 무슨 소용이 있겠는가? 그들은 어깨를 으쓱해 보이고는 당신을 어린아이 취급할 것이다. 그러나 "그가 떠나온 별은 소혹성 B-612호입니다."라고 말하면 납득을 하고 더 이상 귀찮은 질문을 하지도 않을 것이다.

어른들은 그런 것이다. 그들을 나쁘게 생각해서는 안 된다. 어린이는 어른을 항상 너그럽게 대해야만 한다. 하지만 인생을 이해하는 우리에게 숫자는 중요한 것이 아니다. 나는 이 이야기를 동화처럼 시작하고 싶었다. 나는 이렇게 말하고 싶었다.

"옛날에 어린 왕자가 자기보다 좀 클까말까 한 별에서 살고 있었는데 그는 양을 갖고 싶었습니다…"

인생을 이해하는 사람들에겐 이런 편이 훨씬 더 진실된 느낌을 주었을 것이다.

왜냐하면 사람들이 내 책을 가볍게 읽는 것을 나는 원치 않기 때문이다. 이 추억을 이야기하면서 나는 깊은 슬픔을 견뎌야 했다. 내 친구가 양을 데리고 떠나가 버린 지도 벌써 6년이 흘렀다. 내가 여기서 친구 이야기를 적으려 애쓰는 것은 그를 잊지 않기 위해서다. 친구를 잊는다는 것은 슬픈 일이니까. 누구나 친구를 갖고 있지는 않다. 그리고 내가 그를 잊는다면 나도 숫자밖에는 흥미가 없는 어른들처럼 될지도 모른다.

내가 그림물감 한 상자와 연필을 산 것도 역시 그런 까닭에서였다. 여섯 살 때, 보아 구렁이의 겉과 속 이외에는 그려 본 일이 없는 사람이 이 나이에 다시 그림을 그린다는 것은 힘든 일이다. 물론 되도록 실물에 가까운 그림을 그려 보려고 노력은 하겠다. 하지만 꼭 성공하리라는 자신은 없다. 어떤 그림은 괜찮은데 또 어떤 그림은 별로 닮지를 않았다. 어린 왕자의 키도 어떤 경우는 너무 크고 다른 곳에선 너무 작은 식으로 실수를 저질렀다. 그의 옷 색깔에 대해서도 역시 자신이 없다. 그래서 나는 성공과 실패를 거듭하면서 힘겹게 그려 나가지만 대체로 괜찮기를 바란다.

어떤 중요한 대목에서 잘못 그릴지도 모른다. 하지만 그것은 내 잘못이 아니다. 내 친구는 결코 어떤 것도 설명해준 적이 없었기 때문이다. 그는 아마 내가 자기와 비슷하다고 생각했을 지도 모르겠다. 그러나 불행히도 나는 상자 안에 있는 양을 볼 수 있는 능력은 없다. 나도 약간은 어른들과 비슷할지도 모르겠다. 나이를 먹은 것이 틀림없다.

5

하루하루가 지나면서 대화중에 어린 왕자의 별과 그곳을 떠나온 사연을 조금씩 알게 되었다. 그의 생각이 우연히 얘기로 흘러나온 것이라 그런 이야기를 나는 아주 천천히 알 수밖에 없었다. 사흘째 되는 날 나는 그런 식으로 바오밥 나무의 비극을 듣게 되었다.

이번에도 내가 그려준 양이 도움이 되었다. 심각한 의문에 사로잡힌 듯 어린 왕자가 느닷없이 물었다.

"양이 작은 수풀을 먹는다는 게 사실인가요?"

"그럼, 정말이지."

"아! 잘됐네!"

양이 작은 나무를 먹는다는 게 왜 그렇게 중요한 것인지 나는 알 수 없었다. 그러나 어린 왕자는 말을 이었다.

"그럼 바오밥 나무도 먹겠네?"

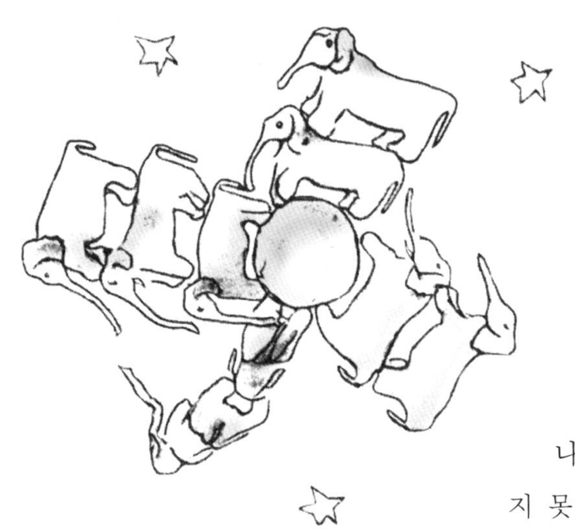

나는 어린왕자에게 바오밥 나무는 작은 나무가 아니라 성(城)만큼이나 거대하고, 한 떼의 코끼리를 데려간다 해도 바오밥 나무 한 그루도 먹어치우지 못할 것이라고 일러주었다. 한 떼의 코끼리라는 말에 어린왕자는 웃으며,

"코끼리들을 겹쳐놓아야겠네." 하고 말했다. 그런데 그가 이런 지혜로운 말을 했다.

"바오밥 나무도 커다랗게 자라기 전에는 작은 나무지?"

"물론이지! 그런데 왜 양이 작은 바오밥 나무를 먹었으면 하는 거지?"

어린왕자는 "아이, 참…!" 하며, 그것은 뻔한 것이라는 듯이 대꾸했다. 그래서 나는 아무 도움 없이 이 문제를 푸느라고 한참 머리를 써야만 했다.

사실 어린 왕자가 사는 별에는 다른 별들과 마찬가지로 좋은 식물과 나쁜 식물이 있는 것이다. 따라서 좋은 식물의 좋은 씨앗과 나쁜 식물의 나쁜 씨앗이 있었다. 하지만 씨앗은 눈에 보이지 않는다. 그것은 땅 속 깊은 곳에서 잠들어 있다가 그중 하나가 잠에서 깨어나고 싶은 욕구에 사로잡힌다. 그러면 그 작은 씨는

기지개를 켜고, 처음엔 수줍은 듯 귀엽고 조그마한 싹을 태양을 향해 쑥 내민다. 그것이 무나 장미의 싹이라면 그대로 둬도 된다. 하지만 나쁜 식물일 경우에는 발견하자마자 가능한 빨리 뽑아 버려야 한다.

그런데 어린 왕자의 별에는 무서운 씨앗들이 있었다. 바로 바오밥 나무의 씨앗이었다. 그 별의 땅은 바오밥 나무의 씨앗 투성이었다. 그런데 바오밥 나무는 때가 늦으면 결코 없애 버릴 수가 없게 된다. 별을 온통 엉망으로 만드는 것이다. 뿌리가 별을 관통하고 마는 것이다. 그래서 별이 너무 작고 바오밥 나무가 너무 많으면 별이 산산조각이 나고 만다.

"그건 규율의 문제야."

어린 왕자가 나중에 말했다.

"아침에 몸단장을 하고 나면 이젠 마찬가지로 별을 정성껏 손질해줘야 해. 규칙적으로, 장미 덩굴과 구별할 수 있게 되는 즉시 바오밥 나무를 뽑아 버려야 하지. 바오밥 나무는 아주 어렸을 때 장미와 매우 흡사하거든. 그건 귀찮지만 아주 쉬운 일이야."

어느 날 그는 내가 사는 곳의 아이들이 알 수 있도록 예쁜 그림을 하나 그려 보라고 했다.

"그들이 나중에 여행을 할 때, 그것이 큰 도움이 될 수 있을 거야. 할 일을 뒤로 미루는 것이 때로는 해롭지 않을 수도 있지. 하지만 바오밥 나무의 경우에는 언제나 큰 재앙이 되는 거야. 게으름뱅이가 살고 있는 어느 별을 나는 알고 있어. 그는 작은 나무 세 그루를 내버려두었지…"

그래서 어린 왕자가 얘기해 주는 대로 나는 그 별을 그렸다. 나는 도덕군자처럼 말하고 싶진 않다. 그러나 바오밥 나무의 위험성은 거의 알려져 있지 않고 소혹성에서 길을 잃은 사람이 겪을 위험은 너무도 크기 때문에, 난생 처음으로 나는 그런 자제심을 버리고 이렇게 말한다.

"어린이 여러분! 바오밥 나무를 조심해!"

내가 이 그림을 이처럼 정성껏 그린 것은 내 친구들에게 경각심을 일깨우기 위해서이다. 그들은 나와 마찬가지로 오래 전부터 모르는 사이에 이 위험에 둘러싸여 왔다. 이 그림을 통해 내가 전하는 교훈은 그림에 큰 수고를 들일 만큼 가치가 있는 것이다.

바오밥 나무

The Baobabs

여러분은 내게 묻고 싶을 것이다. “이 책에는 왜 바오밥 나무의 그림만큼 훌륭하고 인상적인 그림이 또 없을까?” 대답은 간단하다. 다른 그림도 그렇게 그리려 애써 보았지만 성공하지 못한 것이다. 바오밥 나무를 그릴 때에는 간절한 필요에 의해 특별한 힘이 발휘된 것이다.

6

아! 어린 왕자, 조금씩 조금씩 나는 너의 슬픈 생활의 비밀을 알게 되었지… 오랫동안 너에겐 유일한 낙이 일몰을 바라보는 즐거움밖에 없었지. 나흘째 되는 아침, 나는 새로운 사실을 알았지. 네가 이렇게 말을 건넬 때.

"나는 해가 지는 것을 좋아해. 자, 해지는 걸 보러 가."

"하지만 기다려야해."

"기다려? 뭘?"

"해가 지는 것 말이야. 해가 질 때까지 기다려야 해."

너는 처음엔 무척이나 놀라는 기색이었지만 혼자 웃음을 터뜨렸지. 그리고 내게 말했어.

"나는 늘 집에 있는 것처럼 생각하거든!"

사실 그렇다. 모두 알고 있듯이 미국에서 정오일 때 프랑스에서는 해가 진다. 일 분만에 프랑스로 날아갈 수만 있다면 일몰을 볼 수 있을 것이다.

유감스럽게도 프랑스는 너무 멀리 떨어진 곳에 있다. 그러나 너의 조그만 별에서는 의자를 몇 걸음만 옮겨 놓으면 되겠지. 그래서 언제든 원하기만 하면 너는 해 지는 석양을 볼 수 있었지…

"어느 날 난 해가 지는 걸 마흔 네 번이나 봤어!"

그리고는 잠시 후 너는 다시 말했지.

"몹시 슬플 때는 석양을 좋아하게 되지…"

"마흔 네 번 석양을 본 날 너는 몹시 슬펐니?"

그러나 어린 왕자는 대답이 없었다.

7

닷새째 되는 날. 역시 양 덕분에 어린 왕자의 비밀이 밝혀졌다. 그가 불쑥, 뜬금없이 오랫동안 혼자 어떤 문제를 곰곰이 생각하던 끝에 튀어나온 말인 듯, 나에게 물었다.

"양은 작은 나무를 먹으니까 꽃도 먹겠지?"

"양은 뭐든 닥치는 대로 먹지."

"가시가 있는 꽃도?"

"그래. 가시 달린 꽃도 먹고말고."

"그럼 가시는 무슨 쓸모가 있지?"

나도 그것은 알지 못했다. 나는 그때 비행기에 꽉 죄어 있는 볼트를 푸는 일에 몰두하고 있었다. 비행기의 고장이 아주 심각한 것이 분명해졌기 때문에 걱정스럽기 짝이 없었다. 게다가 마실 물이 별로 남지 않아서 최악의 상황을 당할까 두려웠다.

"가시는 무슨 소용이 있는 거지?"

어린 왕자는 일단 질문을 했을 때 결코 흘려버리는 일이 없었다. 나는 볼트에 온 신경이 집중되어 있었으므로 아무렇게나 떠오르는 말로 대답했다.

"가시는 아무 소용이 없어. 꽃들이 괜히 심술로 가시를 갖고 있는 거지."

"저런!"

잠시 아무 말이 없다가 어린 왕자는 원망스런 눈으로 나를 노려보았다.

"난 안 믿어! 꽃들은 연약하고 순진해. 꽃들은 가능한 방식으로 자신을 안심시키는 거야. 가시가 무서운 무기가 된다고 믿는 거야…"

나는 대답하지 않았다. 그 순간 나는 이렇게 생각하고 있었다. '이 볼트가 계속 움직이지 않으면 망치로 두드려야겠군'. 어린 왕자는 다시 내 생각을 방해했다.

"그럼 당신은 정말 꽃들이…"

"그만해! 그만, 그만! 그렇게 생각하지 않아! 난 아무렇게나 대답했을 뿐이야. 나는 지금 중요한 일로 바쁘니까!"

그는 깜짝 놀라서 나를 바라보았다.

"중요한 일이라고?"

망치를 들고 손가락은 시커먼 기름이 묻은 채 그에겐 매우 흉하게 보이는 물건 위로 몸을 기울이고 있는 내 모습을 그는 바라보고 있었다.

"당신은 어른들처럼 말하고 있어!"

그 말에 나는 조금 부끄러워졌다. 하지만 그는 가차 없이 말을 계속했다.

"당신은 모든 걸 혼동하고 있어… 모든 걸 혼동하고 있어…"

그는 정말로 화가 났다. 그의 금빛 머리칼을 바람 속에 휙 쳐들었다.

"붉은 얼굴을 가진 어떤 남자가 사는 별을 알고 있어. 그는 꽃향기를 맡아 본 적이 없어. 별을 바라본 적도 없고. 아무도 사랑해 본 일도 없고. 오로지 숫자만 계산하면서 살아왔어. 그는 하루 종일 당신처럼 '나는 중요한 일로 바빠!' 라고 되뇌고 있어. 그리고 그 말은 그를 자부심으로 뽐내게 만들지. 하지만 그는 사람이 아니야. 버섯이지."

"뭐라고?"

"버섯이라고!"

어린 왕자는 이제 분노로 얼굴이 하얘졌다.

"수백만 년 전부터 꽃들은 가시를 만들어 왔어. 양도 수백만 년 전부터 꽃을 먹어 왔고. 그런데도 그들이 아무짝에도 쓸모없는 가시를 왜 수고스럽게 만들어 내는지 알려는 게 중요한 일이 아니라는 거야? 양과 꽃들의 싸움이 중요한 게 아니라는 거야? 그게 붉은 얼굴의 뚱보 사내가 하는 계산보다 더 중요하지 않다는 거야? 그래서 이 세상 어디에도 없고 나의 별에만 있는 오직 하나뿐인 한 송이 꽃을 내가 알고 있는

데, 작은 양이 어느 날 아침 무심코 그걸 한입에 먹어 버릴 수도 있는데 그게 중요한 일이 아니라는 거야?"

어린 왕자는 얼굴은 하얀색에서 빨갛게 변하며 얘기를 계속했다.

"수백만 개의 별 중에서 단 한 송이밖에 없는 꽃을 사랑하는 사람은 그 별들을 바라보고 있기만 해도 행복할 수 있어. 그는 속으로 '저기 어딘가에 내 꽃이 있겠지…' 라고 생각할 수 있거든. 하지만 양이 그 꽃을 먹어버린다면 그 순간 그에게는 모든 별들이 빛을 잃고 말거야! 그런데 당신은 그게 중요하지 않다고 생각하고 있어!"

그는 더 말을 잇지 못했다. 흐느낌에 그의 말문이 막히고 말았다.

이미 밤이 되어 있었다. 나는 손에서 연장을 내던져 버렸다. 망치나 볼트나 갈증이나 죽음이 무슨 상관인가? 어떤 별, 어떤 혹성, 즉 지구 위에 위로받아야할 어린 왕자가 있었다. 나는 어린 왕자를 껴안고 부드럽게 흔들면서 말했다.

"네가 사랑하는 꽃은 위험하지 않아. 너의 양에게 입마개를 그려 줄게. 꽃 주변에 울타리도 그려주고 또…"

더 이상 뭐라고 해야 할지 알 수 없었다. 쑥스럽고 어색하게 느껴졌다. 어떻게 그에게 다가가 어디에서 그를 따라잡고 다시 그의 손을 잡고 가야할 지 알 수 없었다. 눈물의 나라는 그렇게 신비한 곳이다.

8

나는 곧 그 꽃에 관해 더 많은 것을 알게 되었다. 어린 왕자의 별에는 늘 꽃잎이 한 겹인 아주 소박한 꽃들이 있었다. 그들은 거의 자리를 차지하지 않았고 아무에게도 방해가 되지 않았다. 그들은 어느 날 아침 풀 속에 나타났다가는 저녁이면 조용히 사라져 버리곤 했다. 그런데 어느 날 어딘지 모를 곳에서 날아온 씨앗으로부터 싹이 텄다. 그래서 어린 왕자는 다른 싹과 닮지 않은 그 싹을 주의 깊게 지켜보았다. 새로운 종의 바오밥 나무인지도 모를 일이었다. 그러나 그 작은 식물은 곧 성장을 멈추고 꽃을 피울 준비를 하기 시작했다. 커다란 봉오리가 처음

나타나는 것을 보고 있던 어린 왕자는 거기에서 어떤 기적 같은 현상이 나타날 거라는 느낌을 받았다. 그러나 꽃은 녹색 방에 숨어 좀처럼 자신의 미모를 드러내지 않았다. 꽃은 최대한 정성들여 색깔을 고르고 있었다. 그녀(꽃)는 천천히 옷을 입고 꽃잎을 하나하나 다듬고 있었다. 꽃은 개양귀비처럼 구겨진 모습으로 세상에 모습을 드러내고 싶지는 않았다. 그녀의 아름다움이 최고로 빛을 발할 때라야 비로소 나타나고 싶어 했다. 아, 정말! 너무나 요염한 모습이었다. 그리고 그녀의 신비로운 광채는 여러 날 지속되었다.

그리고 어느 날 아침, 바로 해가 떠오르는 시각에 꽃은 모습을 드러냈다. 그런데 그처럼 공들여 몸단장을 한 꽃은 하품을 하며 입을 열었다.

"아! 이제 겨우 잠이 깼답니다. 용서하셔요. 제 꽃잎이 엉망이네요."

어린 왕자는 감탄을 금할 수 없었다.

"아, 너는 정말 아름답구나!"

"그래요?" 꽃이 달콤하게 대답했다. "그리고 난 햇님과 같은 시간에 태어났답니다…"

어린 왕자는 꽃이 그다지 겸손하지는 않지만 너무도 매혹적임을 쉽게 짐작했다. 잠시 후 꽃이 다시 말했다.

"아침을 먹을 시간이군요. 제게 뭘 좀 주시지 않겠어요…?"

몹시 당황한 어린 왕자는 신선한 물이 담긴 물뿌리개를 찾으러 갔다. 그렇게 꽃을 돌봐주었다.

이렇게 그 꽃은 태어나자마자 다루기 힘든 허영심으로 그를 괴롭혔다. 어느 날 그녀는 자기가 가진 네 개의 가시에 대해 이야기하면서 어린 왕자에게 이렇게 말하기도 했다.

"호랑이들이 발톱을 세우고 와도 괜찮아요!"

"내 별엔 호랑이가 없어. 어쨌든 호랑이는 풀을 먹지도 않아." 라고 어린 왕자는 반박했다.

"저는 풀이 아녜요." 그 꽃이 부드럽게 대답했다.

"용서해 주세요…"

"난 호랑이는 조금도 두렵지 않지만 바람은 질색이랍니다. 바람막이를 해주시지 않겠어요?"

"바람이 질색이라… 식물로서는 안 된 일이군. 이 꽃은 아주 까다로운 식물이군…" 하고 어린 왕자는 속으로 생각했다.

"저녁에는 나에게 유리덮개를 씌워 주세요. 당신이 사는 이곳은 매우 춥군요. 내가 살던 곳은…"

그러나 꽃은 말을 중단했다. 그녀는 씨의 형태로 온 것이다. 다른 세상에 대해서 아는 게 있을 리가 없었다. 그처럼 순진한 거짓말을 하려다 들킬 것 같아 부끄러워진 꽃은 어린 왕자의 잘못을 드러내기 위해서 두어 번 기침을 했다.

"바람막이는요?"

"가서 찾으려는 참이었는데 네가 계속 말을 해서…"

그러자 그녀는 어린 왕자에게 가책을 느끼게 하려고 억지로 몇 번 더 기침을 했다.

그리하여 어린 왕자는 사랑에서 나온 호의를 갖고 있었지만 꽃을 의심하기 시작했다. 그는 중요하지 않은 말을 심각하게 받아들였고 그 때문에 몹시 불행해졌다.

어느 날 그는 내게 털어놓았다.

"그녀의 말을 듣지 말았어야 했어. 꽃들의 말은 절대로 들으면 안 되는 거야. 그냥 바라보고 향기만 맡으면 돼. 내 꽃은 내 별 가득 향기를 풍겼어. 그런데 나는 그녀의 매력을 즐길 줄 몰랐어. 발톱 이야기가 무척 불쾌했지만 실은 애정과 동정을 가지고 들었어야 했어."

그는 계속 털어 놓았다.

"나는 난 아무것도 이해할 줄 몰랐어. 꽃의 말이 아닌 행동을 보고 판단했어야 했어. 꽃은 나에게 향기와 광채를 뿌려 주었어. 나는 꽃에게서 도망치지 말았어야

했는데… 서툰 잔꾀 뒤에 감춰진 애정을 눈치 챘어야 하는 건데. 꽃들은 아주 모순덩어리거든! 하지만 내가 그녀를 사랑하기엔 너무 어렸던 거야."

9

나는 어린 왕자가 철새 떼의 이동을 이용하여 고향별을 떠나왔으리라 생각한다. 떠나는 날 아침 그는 별을 완벽하게 정리해 놓았다. 그는 활화산들을 조심스럽게 청소했다. 그에겐 활화산이 두 개 있었다. 그것들은 아침식사를 데우는 데 아주 편리했다. 그는 사화산도 하나 있었다. 그러나 "어떻게 될지 알 수 없어."라는 그의 말처럼 사화산도 잘 청소했다. 화산들은 잘 청소되어 있으면 폭발하지 않고 천천히 규칙적으로 타오른다. 화산 폭발은 굴뚝의 불과 마찬가지다.

우리 지구 위에서는 화산을 청소하기에 분명히 우리가 너무 작다. 그래서 화산이 우리에게 계속 말썽을 부리는 것이다.

어린 왕자는 좀 우울한 심정으로 바오밥 나무의 마지막 작은 싹들도 뽑아냈다. 그는 다시는 돌아오지 않으리라 생각했다. 그런데 그 마지막 아침에는 낯익은 그런 작업들이 매우 소중하게

그는 활화산들을 조심스럽게 청소했다.

He carefully cleaned out his actine volcanoes.

느껴졌다. 그래서 꽃에 마지막으로 물을 주고 유리덮개를 씌워 주려는 순간 그는 눈물이 나올 것 같았다.

"잘 있어."

그가 꽃에게 인사했다. 그러나 꽃은 대답하지 않았다.

"잘 있어." 라고 반복했다.

꽃은 기침을 했다. 그것은 감기 때문이 아니었다.

"내가 어리석었어요. 용서해 줘요. 부디 행복하세요…"

마침내 꽃이 말했다.

비난의 말이 없다는 것이 어린 왕자는 놀라웠다. 그는 유리덮개를 든 채 당황하여 서 있었다. 이 조용한 친절을 이해할 수 없었다.

"물론 난 당신을 사랑해요. 그 동안 당신이 그걸 몰랐던 것은 내 잘못이에요. 그건 중요하지 않아요. 하지만 당신도 나처럼 어리석었어요. 부디 행복해요… 유리 덮개는 그냥 두세요. 이젠 필요 없어요."

"하지만 바람이 불면…"

"내 감기는 그리 심하지 않아요…서늘한 밤공기는 내게 유익할 거예요. 나는 꽃이니까."

"하지만 짐승이…"

"나비와 친해지려면 두세 마리의 쐐기벌레는 견뎌야죠. 나비는 무척 아름다운가 봐요. 나비와 쐐기벌레가 아니라면 누가 나를 찾아주겠어요? 당신은 멀리 떠나가고… 큰 짐승들은 두렵지 않아요. 손톱이 있으니까."

그러면서 꽃은 천진난만하게 네 개의 가시를 보여주었다. 그리고 말을 이었다.

"그렇게 주저하지 마세요. 떠나기로 결심했으니까 어서 가세요!"

그녀는 울고 있는 모습을 어린 왕자에게 보이고 싶지 않았다. 그토록 자존심 강한 꽃이었다…

IO

그의 별은 소혹성 325호, 326호, 327호, 328호, 329호, 330호와 이웃해 있었다. 그래서 견문을 넓힐 생각으로 그 별들을 찾아가 보기로 했다.

첫 번째 별에는 어떤 왕이 살고 있었다. 왕은 청보라색 옷과 흰 담비모피 옷을 입고 매우 소박하면서도 위엄 있는 옥좌에 앉아 있었다.

"아! 신하가 하나 왔구나!"

어린 왕자가 오는 것을 보고 왕이 큰 소리로 외쳤다. 그래서 어린 왕자는 의문이 들었다.

'그는 나를 전에 본 적이 없는데 어떻게 나를 알아보는 걸까?'

왕들에게는 세상이 단순하다는 것을 그는 알지 못했던 것이다. 왕에겐 모든 사람이 신하인 것이다.

그 별은 왕의 호화스러운 흰 담비모피 망토로 온통 뒤덮여 있었다.

The entire planet was crammed and obstructed by the king's magnificent ermine robe.

"너를 좀 더 잘 볼 수 있게 가까이 다가오라."

드디어 누군가의 왕 노릇을 하게 된 것이 무척 자랑스러워진 왕이 말했다.

어린 왕자는 앉을 자리를 찾아 사방을 둘러보았으나, 그 별은 왕의 호화스러운 흰 담비모피 망토로 온통 뒤덮여 있었다. 그래서 그는 서 있었다. 그리고 피곤하여 하품을 했다.

"왕의 면전에서 하품하는 것은 예절에 어긋나는 일이니라. 너에게 하품을 금지하노라."

임금이 말했다.

"하품을 참을 수가 없어요. 긴 여행을 해서 한숨도 못 잤거든요…"

몹시 당황한 어린 왕자가 말했다.

"아, 그렇다면 네게 명하노니 하품을 하도록 하라. 하품하는 걸 본 지도 여러 해가 되었구나. 하품은 짐에게 희한한 일이니라. 자! 그럼 또 하품을 하라! 명령이니라."

왕이 말했다.

"그러시니까 겁이 나서… 하품이 나오지 않는군요…"

얼굴을 붉히며 어린 왕자가 중얼거렸다.

"어흠! 그렇다면 짐이 명하노니 어떤 때는 하품을 하고 또 어떤 때는…" 라고 왕이 대꾸했다.

그는 잠시 중얼거렸다. 심기가 불편한 기색이었다.

왜냐하면 왕이 근본적으로 주장하는 것은 자신의 권위가 존중되어야 한다는 것이었다. 불복종은 용서할 수 없는 것이었다. 그는 전제군주이긴 하지만 무척 선량한 사람이므로 정당한 명령을 내리는 것이었다. 예를 들면 그는 평상시 이렇게 말하곤 했다.

"만약 짐이 어떤 장군에게 바닷새로 변하라고 명령했는데 장군이 명령에 따르지 않았다면 그건 장군의 잘못이 아니라 짐의 잘못이니라."

"앉아도 될까요?" 어린 왕자가 조심스럽게 물었다.

"그렇게 하기를 명하노라."

흰담비 모피로 된 망토 한 자락을 위엄 있게 걷어 올리며 왕이 대답했다.

그러나 어린 왕자는 의문이 생겼다. 별은 아주 작았다. 왕은 도대체 무엇을 다스린다는 건가?

"전하, 한 가지 여쭈어도 될까요…?"

"질문을 허락하노라."

"전하… 전하는 무엇을 다스리시는지요."

"모든 것이다." 왕이 무척이나 간결하게 대답했다.

"모든 것이라고요?"

왕은 그의 별과 다른 별들과 모든 별들을 가리켰다.

"모든 것을요?" 어린 왕자가 반문했다.

"그 모든 것을 다스리노라…" 왕이 대답했다.

그의 통치는 절대적이었을 뿐 아니라 우주적이기도 했던 것이다.

"그럼 별들도 전하께 복종하나요?"

"물론이다. 즉각 복종하지. 나는 불복종을 허용하지 아니한다." 왕이 말했다.

그런 굉장한 권력은 어린 왕자가 경탄할만한 것이었다. 어린 왕자가 그런 절대 권력을 가졌다면 의자를 움직이지 않고도 하루에 마흔 네 번 아니라, 일흔 두 번, 아니 백 번 이백 번이라도 해 지는 것을 볼 수 있을 것이다. 그리고 버리고 온 그의 작은 별에 대한 추억 때문에 조금 슬퍼진 어린 왕자는 용기를 내어 왕에게 청을 올렸다.

"저는 해가 지는 것을 보고 싶습니다… 제게 은혜를 베푸시어… 해가 지도록 명령해 주십시오…"

"짐이 어떤 장군에게 나비처럼 이 꽃에서 저 꽃으로 날아다닐 것을 명령하거나 비극 작품을 한 편 쓰라고 혹은 바닷새로 변하도록 명령했는데 그 장군이 명령을 받고 복종하지 않는다면 그의 잘못일까, 짐의 잘못일까?"

"전하의 잘못이죠."

어린 왕자가 자신 있게 말했다.

"옳도다. 누구에게든 그가 실행할 수 있는 것을 요구해야 하는 법이다. 권위는 무엇보다 상식에 근거해야 하느니라. 만일 백성들에게 바다에 몸을 던지라고 명령한다면 그들은 혁명을 일으킬 것이니라. 내가 복종을 요구할 권한을 갖는 것은 나의 명령이 이치에 맞기 때문이다."

왕이 말을 계속했다.

"그럼 저의 일몰 부탁은요?"

일단 던진 질문은 절대로 잊지 않는 어린 왕자가 그걸 상기시

켰다.

"해가 지는 것을 보게 될 것이다. 짐이 요구하겠노라. 하지만 내 통치 기술에 따라 조건이 갖추어지기를 기다리겠노라."

"언제 그렇게 되나요?" 어린 왕자가 물었다.

"어험, 어험!" 왕은 두툼한 연감을 뒤적거리고 말했다. "어험, 그러니까 오늘 저녁…7시 40분이니라! 짐의 명령이 얼마나 잘 이행되는지 보게 될 것이다." 왕이 대답했다.

어린 왕자는 하품을 했다. 일몰을 못 보게 된 것이 아쉬웠다. 그리고 이미 좀 무료해졌다.

"저는 여기서 더 할 일이 없군요. 그럼 떠나가 보겠습니다." 그가 왕에게 말했다.

"떠나지 말라. 떠나지 말라. 그대를 장관으로 삼겠노라!"

신하를 한 사람 갖게 된 것이 몹시 자랑스러운 왕이 대답했다.

"무슨 장관이죠?"

"그러니까… 법무장관이다!"

"하지만 재판할 사람이 아무도 없는데요!"

"그건 모를 일이지. 짐은 아직 내 왕국을 제대로 돌아다녀 보지 않았느니라. 이제 나이를 먹었고, 마차를 둘 자리도 없고, 걸어 다니면 피곤하거든."

왕이 말했다.

"아! 하지만 제가 벌써 다 보았습니다."

시선을 돌려 별의 다른 쪽을 한 번 훑어보며 어린 왕자가 말했다. 이쪽과 마찬가지로 다른 쪽에도 아무도 없었다.

"그럼 네 자신을 심판하거라. 그것이 가장 어려운 일이니라. 다른 사람을 심판하는 것보다 자기 자신을 심판하는 게 훨씬 더 어려운 법이거든. 네가 스스로를 훌륭히 심판할 수 있다면 너는 참으로 지혜로운 사람일 것이다." 왕이 대답했다.

"예, 하지만 저는 어디에서든 저를 심판할 수 있어요. 이 별에서 살 필요는 없습니다."

어린 왕자가 말했다.

"어험! 어험! 내 별 어딘가에 늙은 쥐가 한 마리가 있는 것 같다. 밤이면 소리가 들린다. 너는 그 늙은 쥐를 심판하면 된다. 가끔 그에게 사형을 선고하여라. 그러면 그의 생명이 너의 판결에 달리게 될 것이다. 그러나 매번 그에게 특사를 내려 소중히 다루도록 하라. 단 한 마리밖에 없는 놈이니까." 왕이 대답했다.

"저는 누군가에게 사형선고를 내리는 건 싫습니다. 아무래도 제 길을 가야겠습니다."

어린 왕자가 대답했다.

"가지 마라." 왕이 말했다.

어린 왕자는 떠날 준비를 마쳤으나 늙은 임금을 섭섭하게 하고 싶지 않았다.

"전하의 명령이 준수되길 원하신다면 제게 이치에 맞는 명령을 내리시면 되지 않겠습니까. 이를테면 일분 내로 떠나도록 제게 명령하실 수도 있고요. 그런 여건이 조성된 것 같습니다…"

왕이 대답을 하지 않으므로, 어린 왕자는 머뭇거리다가 한숨을 한 번 쉬고는 출발했다.

"너를 짐의 대사(大使)로 명하노라."

왕이 황급히 외쳤다. 그는 매우 위엄이 가득한 모습이었다.

'어른들은 참 이상하군.' 어린 왕자는 여행하면서 혼자 중얼거렸다.

II

두 번째 별은 허영심이 가득한 사람이 살고 있었다.

"오! 오! 저기 나를 찬양하는 사람이 찾아오는군!"

어린 왕자가 오는 것을 보자마자 허영심 많은 사람이 멀리서부터 외쳤다.

허영심 많은 사람들에게, 타인은 모두 자기를 찬양하는 사람인 것이다.

"안녕하세요. 묘한 모자를 쓰고 계시군요." 어린 왕자가 말했다.

"답례하기 위해서지. 사람들이 나에게 환호를 보낼 때 벗어서 답례하려고. 그런데 유감스럽게도 이쪽을 지나가는 사람이 아무도 없어."

허영심 많은 사람이 대답했다.

"네에?"

무슨 말인지 이해하지 못한 어린 왕자가 말했다.

"오! 오! 저기 나를 찬양하는 사람이 찾아오는군!"

Ah! Ah! I am about to receive a visit from an admirer!

"손뼉을 쳐줘."

그 사내가 어린 왕자에게 지시했다. 어린 왕자가 손뼉을 쳤다. 허영심 많은 사람은 모자를 들어 공손하게 답례했다.

'왕을 방문할 때보다 더 재미있군.'

어린 왕자는 속으로 중얼거렸다. 그리고 그는 다시 손뼉을 쳤다. 허영심 많은 사람이 모자를 들어 올리며 다시 답례했다.

5분쯤 되풀이하고 나니 어린 왕자는 이제 그 장난의 단순함에 질리게 되었다.

"모자가 떨어지게 하려면 어떻게 해야 하죠?" 그가 물었다.

그러나 허영심 많은 사람은 그의 말을 듣지 못했다. 허영심 많은 사람들에게는 단지 찬양의 말만 들리는 법이다.

"그대는 정말로 나를 대단히 찬양하지?"

그가 어린 왕자에게 물었다.

"찬양한다는 게 뭐죠?"

"찬양한다는 건 내가 이 별에서 가장 미남이고 가장 옷을 잘 입고 가장 부자고 가장 똑똑하다고 인정해 주는 거지."

"하지만 이 별엔 당신 혼자밖에 없잖아!"

"나를 기쁘게 해줘. 그대로 나를 찬양해 줘."

"당신을 찬양해. 그런데 그게 당신에게 무슨 흥미를 주지?"

어린 왕자가 의아해 하며 말했다.

그리고 어린 왕자는 그 별을 떠났다.

'어른들은 정말 이상하군.' 하고 어린 왕자는 여행하면서 속으로 중얼거렸다.

12

그 다음 별에는 술꾼이 살고 있었다. 이번 방문은 매우 짧았지만 어린 왕자를 몹시 우울하게 했다.

"거기에서 뭐하세요?"

빈병 무더기와 술이 담긴 병 무더기를 앞에 놓고 말없이 앉아 있는 술꾼을 보고 그가 말했다.

"술을 마시지."

침울한 표정으로 술꾼이 대꾸했다.

"왜 술을 마셔요?"

어린 왕자가 그에게 물었다.

"잊기 위해서지."

술꾼이 대답했다.

"무엇을 잊기 위해서요?"

어린 왕자는 벌써 그가 딱하게 느껴졌다.

그 다음 별에는 술꾼이 살고 있었다.

The next planet was inhabited by a tippler.

"내가 부끄럽다는 걸 잊기 위해서지."

머리를 숙이며 술꾼이 고백했다.

"뭐가 부끄러운 거죠?"

그를 도와주고 싶은 어린 왕자가 캐물었다.

"술을 마시는 게 부끄러워!"

이제 술꾼은 말을 끝내고 완전한 침묵 속으로 자신을 닫아버렸다.

그래서 난처해진 어린 왕자는 떠나 버렸다.

'어른들은 정말 너무 이상하군.' 하고 어린 왕자는 여행을 하면서 혼자 중얼거렸다.

13

네 번째 별은 기업가의 별이었다. 이 사람은 어찌나 바쁜지 어린 왕자가 도착했을 때 고개조차 들지 않았다.

"안녕하세요. 담뱃불이 꺼졌군요."

그가 말했다.

"3 더하기 2는 5, 5 더하기 7은 12, 12 더하기 3은 15. 안녕. 15에 7을 더하면 22, 22에 6을 더하면 28. 담배에 다시 불붙일 시간이 없어. 26에 5를 더하면 31. 휴우! 그러니까 5억 162만 2731이 되는군."

"뭐가 5억이야?" 어린 왕자가 물었다.

"응? 너 아직도 거기 있니? 5억 1백만… 난 멈출 수가 없어. 난 할 일이 아주 많아! 난 중요한 일을 하는 사람이야. 허튼 소리할 시간이 없어! 2 더하기 5는 7…"

"뭐가 5억이야?"

한 번 던진 질문을 포기해 본 적이 없는 어린 왕자가 다시 물었다.

기업가가 고개를 들었다.

"내가 이 별에서 54년 동안 살고 있는데 방해를 받은 것은 세 번뿐이야. 첫 번째는 22년 전이었는데, 난데없는 거위 때문이었어. 그게 요란한 소리를 내서 사방으로 소리가 울리더군. 그래서 계산이 네 군데나 틀렸었지. 두 번째는 11년 전이었는데. 류머티즘 때문이었어. 난 운동부족이거든. 산보할 시간이 없으니까. 세 번째는… 바로 지금이야! 가만 있자. 5억 백만이었지…"

"뭐가 5억 백만이라는 거지요?"

기업가는 이 질문에 대답을 하기 전엔 조용히 있을 수가 없다는 걸 깨달았다.

"가끔 하늘에 보이는 수많은 작은 것들 말이다."

"파리?"

"아니. 반짝거리는 작은 것들 말이다."

"꿀벌?"

"천만에. 게으름뱅이들을 멍청히 공상에 빠지게 만드는 금빛의 작은 것들 말이다. 하지만 난 중대한 일을 하는 사람이거든! 내 인생에 공상에 빠질 시간은 없어."

"아! 별을 말하는 거군?"

"맞았어. 별이야."

"5억 개의 별을 가지고 뭘 하는 거지?"

"5억 162만 2731개야. 나는 중대한 일을 하고 있는 사람이고 정확한 사람이지."

"그 별들을 가지고 뭘 하는 거야?"

"뭘 하느냐고?"

"그래."

"아무것도 안 해. 그것들을 소유하고 있지."

"별들을 소유하고 있다고?"

"그래."

"하지만 내가 전에 본 어떤 왕은…"

"왕은 소유하지 않아. 그들은 지배하는 거야. 그건 아주 다른 얘기야."

"그럼 그 별들을 소유하는 게 당신에게 무슨 소용이 있어?"

"내가 부자가 되는데 도움이 되지."

"부자가 되는 데 무슨 소용이 있어?"

"어떤 별들이 새로 발견되면 더 많은 별들을 살 수 있지."

'이 사람도 그 술꾼처럼 말하고 있군.' 하고 어린 왕자는 생각했다.

그래도 그는 질문을 좀 더 계속했다.

"별을 어떻게 소유한담?"

"별들이 누구에게 속해 있나?" 기업가가 짜증이 난 듯 쏘아붙였다.

"모르겠네. 누구의 것도 아니겠지."

"그러니까 내 것이지. 내가 제일 먼저 그 생각을 했으니까."

"그러면 당신 것이 되는 거야?"

"물론이지. 임자 없는 다이아몬드는 그걸 발견한 사람의 소유가 되는 거지. 임자가 없는 섬을 네가 발견하면 그건 네 소유가 되는 거고. 네가 어떤 좋은 생각을 제일 먼저 해냈으면 특허를 받아야 해. 그럼 그게 네 소유가 되는 거야. 그런 식으로 나는 별들을 소유하고 있는 거야. 나보다 먼저 그것들을 소유할 생각을 한 사람은 아무도 없었거든."

"그건 사실이지. 당신은 별들을 가지고 뭘 해?"

어린 왕자가 말했다.

"그것들을 관리하지. 세어 보고 또 세어 보지. 그건 힘든 일이야. 하지만 난 원래 중요한 일에 관심이 있는 사람이야."

어린 왕자는 아직 만족하지 않았다.

"내가 실크스카프를 갖고 있다면 말이야, 난 그걸 목에 두를 수도 있고 갖고 다닐 수도 있어. 내가 꽃을 소유하고 있다면 그 꽃을 꺾어 가지고 다닐 수가 있고. 하지만 당신은 별을 하늘에서 딸 수가 없잖아!"

"그럴 수는 없지. 하지만 그것들을 은행에 맡길 수는 있지."

"그게 무슨 뜻이야?"

"조그만 종이에다 내 별들의 숫자를 적어 서랍에 넣고 잠근단 말이야."

"그리고 그뿐이야?"

"그뿐이지."

'재미있군. 아주 시적(詩的)이고, 하지만 그리 중요한 일은 아니군.' 어린 왕자는 생각했다.

어린 왕자는 중요한 일에 관하여 어른들과 매우 다른 생각을 가지고 있었다.

"나는 말이야, 꽃을 한 송이 소유하고 있는데 매일 물을 줘. 세 개의 화산도 소유하고 있어서 매주 청소를 하지(사화산도 청소하니까 세 개란 말이야. 어떻게 될지 모르거든). 내가 그것들을 소유하는 건 화산들에게나 꽃에게 유익한 일이야. 하지만 당신은 별들에게 유익하지 않잖아…"

기업가는 입을 열었으나 할 말을 찾아내지 못했다. 그리고 어린 왕자는 떠나버렸다.

'어른들은 분명 너무나 이상하군.' 어린 왕자는 여행하면서 혼자 속으로 중얼거릴 뿐이었다.

14

다섯 번째 별은 매우 특이했다. 그것은 제일 작은 별이었다. 가로등 하나와 가로등을 켜는 사람이 있을 자리밖에 없었다. 하늘 어딘가에 집도 없고 사람도 없는 별에서 가로등과 그걸 켜는 사람이 무슨 소용이 있는지 어린 왕자는 도무지 이해할 수가 없었다. 그렇지만 속으로 중얼거렸다.

'이 사람은 어리석은 사람이겠군. 그래도 왕이나 허영심 많은 사람이나 기업가 혹은 술꾼만큼 어리석지는 않아. 적어도 그가 하는 일은 약간 의미가 있거든. 그가 가로등을 켤 때는 별 한 개나 혹은 꽃 한 송이를 더 태어나게 하는 거나 마찬가지니까. 가로등을 끌 때면 그 꽃이나 그 별을 잠들게 하는 거고. 그거 아주 아름다운 직업이군. 아름다우니까 진실로 유익한 것이다.'

그 별에 도착하자마자 그는 가로등 켜는 사람에게 공손히 인사했다.

나는 힘겨운 직업을 가졌어.

I follow a terrible profession

"안녕. 왜 가로등을 지금 껐어?"

"안녕. 이건 명령이야."

가로등 켜는 사람이 대답했다.

"명령이 뭔데?"

"내 가로등을 끄는 거지. 잘 자."

그리고 그는 다시 불을 켰다.

"왜 지금 가로등을 다시 켰어?"

"명령이야."

가로등 켜는 사람이 대답했다.

"무슨 말인지 모르겠는걸."

어린 왕자가 말했다.

"이해할 건 아무것도 없지. 명령은 명령이니까. 안녕."

가로등 켜는 사람이 말했다. 그리고 가로등을 껐다.

그리고 나서 빨간 체크무늬 손수건으로 이마를 닦았다.

"난 정말 힘겨운 직업을 가졌어. 예전에는 무리가 없었는데. 아침에 불을 끄고 저녁이면 다시 켰지. 그래서 나머지 낮 시간에는 쉬고 나머지 밤 시간에는 잠을 잤어."

"그럼, 그 후 명령이 바뀌었어?"

"명령은 바뀌지 않았으니 그게 비극이지! 해마다 이 별은 더 빨리 돌고 있는데 명령은 바뀌지 않았단 말이야!"

가로등 켜는 사람이 말했다.

"그래서 어떻게?"

어린 왕자가 말했다.

"그래서 이제는 이 별이 1분마다 일회전을 하니까 일 초도 쉴 새가 없는 거야. 매분마다 한 번씩 껐다가 켜야 하는 거지."

"참 이상하네! 당신의 별에선 하루가 일분밖에 안된다니!"

"조금도 이상할 것 없지. 우리가 얘기하는 사이에 벌써 한 달이 지났단다."

가로등 켜는 사람이 말했다.

"한 달?"

"그래. 삼십 분이니까, 삼십 일이지! 잘 자."

그리고는 그는 다시 가로등을 켰다.

어린 왕자는 그를 바라보았다. 자기 명령에 그토록 충실한 점등부(點燈夫)가 좋아졌다. 의자를 좀 당겨서 일몰을 보고 싶어 하던 지난 일이 떠올랐다. 그 친구를 도와주고 싶었다.

"저 말이야… 쉬고 싶을 때 쉴 수 있는 방법이 있어…"

"그야 언제나 쉬고 싶지." 가로등 켜는 사람이 말했다.

사람은 누구나 성실하면서도 한편 게으름 피울 수도 있는 법이다.

어린 왕자는 말을 계속했다.

"당신 별은 아주 작으니까 세 걸음만 옮기면 어디든 갈 수 있잖아. 언제나 햇빛을 받고 싶으면 천천히 걸어가기만 하면 되는 거야. 쉬고 싶을 때면 걸어가도록 해… 그럼 하루 해가 원하는 만큼 지속될 거야."

"그건 별로 도움이 되지 못하겠는걸. 내가 좋아하는 건 잠자는 거니까."

가로등 켜는 사람이 말했다.

"그거 불운하군."

어린 왕자가 말했다.

"난 불운해. 안녕."

가로등 점등부가 말했다. 그리고는 등을 껐다.

'저 사람은 다른 사람들, 왕이나 허영심 많은 사람이나 술꾼, 혹은 기업가 같은 사람들에게 멸시받을 테지, 하지만 우스꽝스럽게 보이지 않는 사람은 저 사람뿐이야. 그건 저 사람이 자기 자신이 아닌 다른 일에 전념하기 때문일 거야.' 더 멀리 여행을 계속하면서 어린 왕자는 생각했다.

그는 섭섭해서 한숨을 내쉬며 이런 생각도 했다.

'내가 친구로 삼을 수 있는 사람은 저 사람뿐이었는데, 하지만 그의 별은 너무 작아. 두 사람이 있을 자리가 없어…'

어린 왕자가 차마 고백하지 못하는 사실은 그 별이 매일 1440번이나 해가 지는 축복을 받았기 때문에 그 별을 떠나기를 가장 아쉬워했다는 것이었다.

15

여섯 번째 별은 지난 번 것보다 열 배나 큰 별이었다. 그 별에는 방대한 책을 쓰는 노신사 한 분이 살고 있었다.

"야! 탐험가가 하나 오는군!"

어린 왕자를 보며 그가 큰 소리로 외쳤다.

어린 왕자는 테이블 위에 앉아 조금 숨을 헐떡였다. 이미 상당히 먼 여행을 했던 것이다.

"어디서 오는 거냐?"

노인이 물었다.

"그 큰 책은 뭐예요? 뭘 하시는 건가요?"

어린 왕자가 물었다.

"난 지리학자란다."

노인이 말했다.

"지리학자가 뭐예요?"

"모든 바다와 강과 도시와 산, 그리고 사막이 어디에 있는지를 아는 사람이지."

"그거 참 재미있네요. 드디어 여기 진짜 직업을 가진 분이 계시군요!"

어린 왕자는 지리학자의 별을 한 번 둘러보았다. 그처럼 멋지고 당당한 별을 본 적이 없었다.

"당신의 별은 참 아름답군요. 넓은 바다도 있나요?"

"난 몰라."

지리학자가 대답했다.

"오!" 어린 왕자는 실망했다. "그럼 산은요?"

"난 몰라."

지리학자가 말했다.

"그럼 도시와 강과 사막은요?"

"그것도 알 수 없다."

지리학자가 말했다.

"당신은 지리학자잖아요!"

"그렇지. 하지만 난 탐험가가 아니거든. 내 별을 탐험할 사람이 하나도 없지. 도시와 강과 산, 바다와 대양과 사막을 세러 다니는 건 지리학자가 할 일이 아냐. 지리학자는 아주 중요한 사람이니까 한가로이 돌아다닐 수가 없지. 서재를 떠나지 않고 서재에서 탐험가들을 만나는 거지. 그들에게 여러 가지 질문을 하고 그들의 여행 기억을 기록하는 거야. 탐험가의 기억 중에 흥미로운 게 있으면 지리학자는 탐험가의 도덕적인 면을 조사시키지."

"그건 왜요?"

"탐험가가 거짓말을 하면 지리책에 큰 재앙이 일어나게 될 테니까. 탐험가가 술을 너무 마셔도 그렇지."

"그건 왜요?"

어린 왕자가 말했다.

"왜냐하면 술에 잔뜩 취한 사람에겐 모든 게 둘로 겹쳐 보이거든. 그렇게 되면 지리학자는 하나밖에 없는 산을 두 개로 기입하게 될 거야."

"내가 아는 어떤 사람도 그런 나쁜 탐험가가 될 것 같아요."

어린 왕자가 말했다.

"그럴 수도 있지. 그래서 탐험가가 도덕적으로 괜찮게 보일 때는 그의 발견에 관해 조사를 하지."

"누군가 가보나요?"

"아냐. 그건 너무 번거로우니까. 그 대신 탐험가에게 증거물을 요구하는 거야. 예컨대 커다란 산을 발견했을 때는 큰 돌을 가져오라고 요구하는 거지."

지리학자가 갑자기 흥분했다.

"근데 너는 멀리서 왔지! 너는 탐험가야! 너의 별이 어떤지 이야기해 다오!"

그러더니 지리학자는 큰 장부를 펴고 연필을 깎았다. 탐험가의 이야기를 처음에는 연필로 적었다가 그가 증거를 가져오면 잉크로 적는 것이다.

"자, 그럼?"

지리학자가 기대를 품고 말했다.

"아, 내 별은 별로 흥미로운 게 없어요. 아주 작거든요. 화산이 셋 있어요. 둘은 활화산이고 하나는 사화산이지요. 하지만 어떻게 될지는 모르지요."

"어떻게 될지 모르지."

지리학자가 말했다.

"제겐 꽃 한 송이도 있어요."

"우린 꽃은 기록하지 않아."

지리학자가 말했다.

"왜요? 그게 별에서 가장 예쁜 건데요!"

"꽃은 일시적인 존재니까 기록하지 않아."

"'일시적인 존재'가 뭐예요?"

"지리책은 모든 책들 중 가장 중요한 책이야. 지리책은 유행에 뒤떨어지는 일이 없지. 산이 위치를 바꾸는 일은 거의 없고 바닷물이 말라 버리는 일도 없어. 우리는 영속적인 것들을 기록하는 거야."

"하지만 사화산이 다시 활동할 수도 있어요. '일시적인 존재'가 뭐예요?"

어린 왕자가 말을 가로막았다.

"화산이 꺼져 있든 활동하든 우리에게는 마찬가지야. 우리에게 중요한 건 산이라는 거지. 산은 변하지 않거든."

"그런데 '일시적인 존재'란 뭐예요?"

한 번 한 질문은 결코 포기해 본 적이 없는 어린 왕자가 다시 물었다.

"그건 '조만간에 사라져 버릴 위험에 처해 있다'는 뜻이지."

"내 꽃은 조만간에 사라져 버릴 위험에 처해 있나요?"

"물론이지."

'내 꽃은 일시적 존재야. 세상에 대항할 무기라곤 네 개의 가시밖에 없고! 그런데 나는 그 꽃을 내 별에 홀로 내버려두고 왔어!' 하고 어린 왕자는 생각했다.

그는 처음으로 후회를 했다. 하지만 다시 용기를 냈다.

"제가 어디를 가보는 게 좋을까요?"

그가 물었다.

"지구라는 별에 가봐. 대단한 명성을 가진 별이거든…"

그리하여 어린 왕자는 그의 꽃을 생각하면서 길을 떠났다.

16

일곱 번째 별은 그래서 지구였다.

지구는 그저 그런 별이 아니었다! 그곳에는 111명의 왕(물론 흑인 왕을 포함해서)과 7천 명의 지리학자와 90만 명의 기업가, 750만 명의 술꾼, 3억 1천 1백만 명의 허영에 찬 사람들, 말하자면 약 20억 명의 어른들이 살고 있다. 전기가 발명되기 전까지는 6대륙 전역에 462,511명이나 되는 가로등 점등부를 두어야했다는 이야기를 들으면 여러분은 지구가 얼마나 큰지 짐작이 갈 것이다.

그래서 좀 떨어진 곳에서 보면 눈부신 광경이 벌어지는 것이었다. 그들이 무리지어 움직이는 모습은 오페라의 발레처럼 질서정연한 것이었다. 맨 처음은 뉴질랜드와 오스트레일리아의 가로등 켜는 사람들의 차례였다. 가로등을 켜고 나면 그들은 잠을 자러 갔다. 그러고 나면 중국과 시베리아의 점등자들이 발레

무대에 나타났다. 그들 역시 무대 뒤로 살짝 몸을 감추고 나면 러시아와 인도의 가로등 켜는 자들이 나타나는 것이었다. 그 다음에는 아프리카와 유럽의 가로등 켜는 자들, 그 다음에는 남아메리카의 가로등 켜는 사람들, 또 그 다음에는 북아메리카의 가로등 켜는 사람들이 차례로 나타났다. 그런데 그들은 무대에 나타나는 순서를 틀리는 법이 없었다. 그것은 무척 장엄한 광경이었다.

오직 북극에 단 하나밖에 없는 가로등을 켜는 사람과 남극에 있는 그의 동료만이 한가하고 걱정 없는 생활을 하고 있었다. 그들은 일 년에 두 번 분주했다.

17

사람이 재치를 부리다 보면 가끔 진실에서 벗어나는 수가 있다. 가로등 켜는 사람들에 관한 내 이야기는 아주 정직한 것은 아니다. 지구를 잘 알지 못하는 사람들에게 자칫하면 지구에 대한 잘못된 생각을 가지게 할 수도 있는 이야기였다. 사람들이 지구 위에서 차지하는 면적은 사실 아주 작은 것이다. 지구에 사는 20억의 사람들이 어떤 모임에서처럼 서로 좀 바짝바짝 붙어 서 있다면 세로 20마일 가로 20마일의 광장으로도 충분할 것이다. 그들은 태평양의 아주 작은 섬 위에 차곡차곡 쌓아 놓을 수도 있을 것이다.

어른들은 물론 이런 말을 하면 여러분 말을 믿지 않을 것이다. 그들은 엄청난 면적을 차지하고 있다고 생각하기 때문이다. 그들은 자신들이 바오밥 나무처럼 중요하다고 생각하고 있다. 그러니까 여러분은 그들에게 계산을 해보라고 일러주어야 한다.

그래서 어린 왕자는 지구에 도착했을 때 사람들이
전혀 눈에 띄지 않는데 놀랐다.

When the little prince arrived on the Earth, he was very much surprised not to see any people.

그들은 숫자를 좋아하니까. 그럼 그들은 흡족해할 것이다. 하지만 여러분은 그런 여분의 계산을 하느라 시간을 낭비할 필요는 없다. 그것은 불필요한 것이다. 나는 여러분이 나에게 신뢰를 갖고 있음을 안다.

그래서 어린 왕자는 지구에 도착했을 때 사람들이 전혀 눈에 띄지 않는데 놀랐다.

그가 엉뚱한 별에 찾아온 게 아닌가, 두려워지기 시작할 무렵 달빛을 닮은 금색 밧줄 같은 것이 모래 위에 번뜩였다.

"안녕."

어린 왕자가 공손하게 인사했다.

"안녕."

뱀이 인사했다.

"내가 도착한 여기가 무슨 별이지?"

어린 왕자가 물었다.

"지구야. 여긴 아프리카지."

뱀이 대답했다.

"그래! 그럼 지구에는 사람이 없니?"

"여긴 사막이야. 사막에는 사람이 없어. 지구는 커다랗거든."

뱀이 말했다.

어린 왕자는 돌 위에 앉아 눈길을 하늘로 향했다.

"누구든 언제고 다시 자기 별을 찾아낼 수 있게 별들이 환히 불 켜져 있는지 궁금해. 내 별을 바라봐. 바로 우리들 위에 있어. 그런데 어쩌면 저렇게 멀리 있지!"

넌 아주 재미있게 생긴 짐승이구나. 손가락처럼 가늘고…

You are a funny animal," he said at last.
"You are no thicker than a finger…

"아름답구나. 여긴 뭘 하러 왔니?"

뱀이 말했다.

"난 어떤 꽃하고 사이가 틀어졌단다."

어린 왕자가 말했다.

"그래!"

뱀이 대답했다. 그리고 그들은 서로 침묵을 지켰다.

"사람들은 어디에 있지? 사막은 조금 외롭구나…"

어린 왕자가 마침내 대화를 재개했다.

"사람들 사이에서도 외로운 거야."

뱀이 말했다.

어린 왕자는 그를 한참 바라보았다.

"넌 아주 재미있게 생긴 짐승이구나. 손가락처럼 가늘고…"

그가 말했다.

"그래도 난 왕의 손가락보다 더 힘이 세단다."

뱀이 말했다.

어린 왕자는 미소를 지었다.

"넌 힘이 세지 못해. 발도 없으니… 여행을 할 수도 없잖아…"

"난 배가 데려다 주는 곳보다 더 먼 곳까지 너를 데려다줄 수 있어."

뱀이 말했다.

그는 어린 왕자의 발목을 금팔찌처럼 휘감고 말했다.

"누구든 내가 건드리면 그가 나왔던 땅으로 돌려보내주지. 하지만 너는 순진하고 진실되고 또 다른 별에서 왔으니까…"

어린 왕자는 아무 대답도 하지 않았다.

"화강암으로 된 지구에서 너처럼 연약한 아이를 보니 안됐다는 생각이 드는구나. 나중에 네 별이 몹시 그리워지면 내가 너를 도와줄 수 있어. 내가…"

"응! 잘 알겠어. 근데 왜 그렇게 언제나 수수께끼 같은 말만 하니?"

"난 그것들을 전부 풀어."

뱀이 말했다.

그리고 둘은 침묵을 지켰다.

18

어린 왕자는 사막을 건너가는데 꽃 한 송이밖에 만나지 못했다. 세장의 꽃잎을 가진 아주 볼품없는 꽃이었다.

"안녕."

어린 왕자가 인사했다.

"안녕."

꽃이 인사했다.

"사람들은 어디에 있

나요?"

어린 왕자가 정중히 물었다.

그 꽃은 언젠가 대상(隊商)이 지나가는 것을 본 적이 있었다.

"사람들이요? 한 여섯 일곱 사람 있는 것 같아요. 몇 해 전에 그들을 본 적이 있어요. 하지만 그들이 어디 있는지는 알 수 없는 일이죠. 바람이 그들을 날려 보내버렸거든요. 그들은 뿌리가 없어서 몹시 힘들 거예요."

"잘 있어요."

어린 왕자가 말했다.

"안녕."

꽃이 말했다.

19

어린 왕자는 높은 산에 올라갔다. 그가 그동안 아는 산이라곤 그의 무릎 높이 밖에 안 되는 세 개의 화산이 고작이었다. 사화산은 발판으로 이용하곤 했었다.

'이 산처럼 높은 산에서는 이 별 전체와 사람들을 한 눈에 볼 수 있을 거야…' 라고 생각했다.

그러나 바늘 끝처럼 뾰족한 산봉우리들만 보였다.

"안녕."

그가 말을 해보았다.

"안녕… 안녕… 안녕…"

메아리가 대답했다.

"너는 누구니?"

어린 왕자가 말했다.

"너는 누구니… 너는 누구니… 너는 누구니…"

참 이상한 별이군! 메마르고 뾰족뾰족하고...

What a queer planet! altogether dry, and altogether pointed...

메아리가 대답했다.

"내 친구가 되어 줘. 나는 외로워."

그가 말했다.

"나는 외로워… 나는 외로워… 나는 외로워…"

메아리가 대답했다.

'참 이상한 별이군! 메마르고 뾰족뾰족하고 거칠고 험하고, 게다가 사람들은 상상력이 없고 다른 사람이 한 말을 되풀이 하니… 나의 별에는 꽃 한 송이가 있었지, 그 꽃은 언제나 먼저 말을 걸어줬는데…'

20

그리하여 어린 왕자는 모래와 바위와 눈을 지나 오랫동안 걷고 난 끝에 드디어 길을 하나 발견했다. 그리고 모든 길은 사람들이 사는 곳으로 통하는 법이다.

"안녕."

그가 말했다.

그는 장미가 만발한 정원 앞에 서 있었다.

"안녕."

장미꽃들이 말했다.

어린 왕자는 그들을 바라보았다. 그들은 모두 그의 꽃과 똑같이 생긴 것들이었다.

"너희들은 누구니?"

깜짝 놀란 어린 왕자가 그들에게 물었다.

"우리는 장미꽃이야."

장미꽃들이 말했다.

이 말을 듣고 어린 왕자는 슬픔에 압도 당하고 말았다. 그의 꽃은, 전 우주에 자기와 같은 꽃은 없다고 그에게 말했었던 것이다. 그런데 여기 정원 하나에만 그와 똑같은 꽃이 5천 송이나 되는 게 아닌가!

'내 꽃이 이걸 보면 몹시 상심할 거야' 하고 어린 왕자는 생각했다. '기침을 지독히 해대면서 비웃음을 당하지 않으려고 죽으려는 시늉을 할 거야. 그럼 난 간호해 주는 척하지 않을 수 없겠지. 그러지 않으면 내게 죄책감을 주려고 정말로 죽어 버릴지도 몰라…'

그리고 그는 생각을 계속했다. '이 세상에 오직 하나뿐인 꽃

그래서 그는 풀숲에 엎드려 울었다.

And he lay down in the grass and cried.

을 가졌으니 내가 부자인 줄 알았는데 내가 가진 꽃은 그저 평범한 한 송이 꽃일 뿐이야. 그중 하나는 영원히 꺼져 버렸는지도 모르는, 내 무릎까지 오는 세 개의 화산과 그 꽃을 갖고 내가 아주 위대한 왕자가 될 수는 없어…'

그래서 그는 풀숲에 엎드려 울었다.

21

여우가 나타난 것은 바로 그때였다.

"안녕."

여우가 말했다.

"안녕."

어린 왕자는 점잖게 대답하고 주위를 돌아봤으나 아무것도 보이지 않았다.

"난 여기 사과나무 밑에 있어."

그 목소리가 말했다.

"너는 누구지? 넌 참 예쁘구나."

어린 왕자가 말했다.

"난 여우야."

여우가 말했다.

"이리 와서 함께 놀자. 난 아주 우울하단다."

어린 왕자가 제의했다.

"난 너와 함께 놀 수 없어. 나는 길들여지지 않았으니까."

여우가 말했다.

"아, 미안해."

어린 왕자가 말했다. 그런데 잠깐 생각해 본 후에 물었다.

"'길들인다'는 게 뭐지?"

"넌 여기 사는 애가 아니구나. 네가 찾는 것은 뭐니?"

여우가 물었다.

"난 사람들을 찾고 있어. '길들인다'는 게 뭐지?"

어린 왕자가 말했다.

"사람들은 소총을 가지고 사냥을 하지. 그건 참 곤란한 일이야! 그들은 닭도 길러. 그것이 그들의 유일한 관심사지. 너 닭을 찾니?"

여우가 물었다.

"아냐. 난 친구를 찾고 있어. 근데 '길들인다'는 게 뭐지?"

어린 왕자가 말했다.

"그건 너무 쉽게 무시되고 있는 행위야. 그건 관계를 맺는다는 뜻이야."

여우가 말했다.

"관계를 맺는다고?"

"그래."

여우가 말했다.

"넌 아직 나에겐 수많은 다른 소년들과 다를 바 없는 어떤 소년에 지나지 않아. 그래서 난 너를 필요로 하지 않고. 너에게 나는 수많은 다른 여우와 같은 한 마리 여우에 지나지 않아. 하지만 네가 나를 길들인다면 우리는 서로 필요한 존재가 되는 거야. 나에게 너는 세상에서 유일한 존재가 되고, 너에게 나는 세상에서 유일한 존재가 되는 거야…"

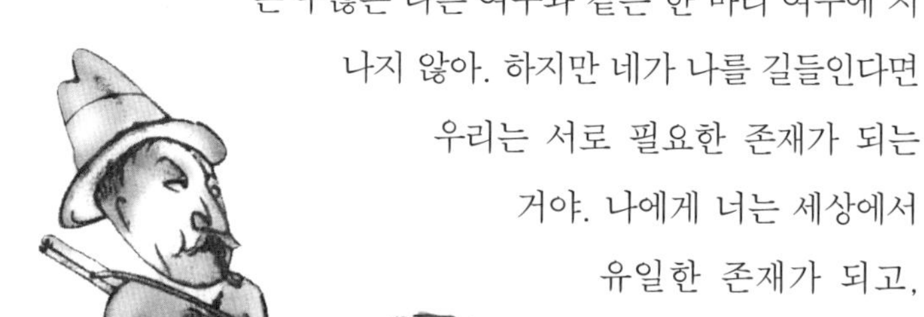

"차츰 무슨 말인지 이해가 가."

어린 왕자가 말했다.

"꽃 한 송이가 있는데… 그 꽃이 나를 길들인 것 같아…"

"그럴지도 모르지. 지구에는 온갖 것들이 다 있으니까."

여우가 말했다.

"오, 아니야! 지구에서가 아니야."

어린 왕자가 말했다.

여우는 당황스럽고 몹시 궁금한 기색이었다.

"그럼 다른 별에서?"

"그래."

"그 별엔 사냥꾼들이 있니?"

"아니, 없어."

"아, 그거 재미있군! 그럼 닭은?"

"없어."

"완벽한 곳은 없군."

여우는 한숨을 쉬었다. 하지만 자기 생각으로 돌아갔다.

"내 생활은 단조롭단다. 나는 닭을 사냥하고 사람들은 나를 사냥하지. 닭들은 모두 똑같고 사람들도 모두 똑같아. 그래서 이제 좀 싫증이 나. 하지만 네가 나를 길들인다면 태양이 내 생활을 환히 비춰주는 것과 같을 거야. 다른 모든 발소리와 너의 발소리를 나는 구별하게 되겠지. 다른 발소리들은 나를 땅 밑으로 기어들어가게 하겠지만 너의 발소리는 음악처럼 땅굴에서 나를 밖으로 불러낼 거야! 그리고 저길 봐! 저기 밀밭이 보이지? 난 빵은 먹지 않아. 밀은 내겐 아무 소용도 없는 거야. 밀밭은 나에게 아무것도 생각나게 하지 않아. 그건 슬픈 일이지! 그런데 너는 금빛 머리칼을 가졌어. 네가 나를 길들인다면 정말 근사할 거야! 밀도 금빛이니까 그걸 보면 네가 생각나게 될 거야. 그럼 난 밀밭 사이를 지나가는 바람소리를 사랑하게 될 거야…"

여우는 오랫동안 어린 왕자를 응시하더니 말했다.

"부탁이야…나를 길들여 줘!"

"나도 무척이나 그러고 싶어."

어린 왕자는 대답했다.

"하지만 내겐 시간이 많지 않아. 친구들을 찾아내야 하고 알아야할 일도 많아."

"사람은 자기가 길들이는 것만을 알 수 있는 거란다."

여우가 말했다.

"사람들은 이제 어떤 것도 알 시간이 없어졌어. 그들은 상점에서 이미 만들어진 것을 사거든. 그런데 우정을 살 수 있는 상점은 없으니까 사람들은 이제 친구가 없는 거지. 친구를 갖고 싶다면 나를 길들여 줘…"

"너를 길들이려면 어떻게 해야 하지?"

어린 왕자가 물었다.

"참을성이 있어야 해."

여우가 대답했다.

"우선 내게서 좀 떨어져서 그렇게 풀숲에 앉아 있어. 난 너를 흘끗 쳐다볼 거야. 넌 아무 말도 하지 마. 말은 오해의 근원이지. 날마다 넌 조금씩 내게 더 가까이 앉을 수 있을 거야…"

네가 오후 네 시에 온다면 난 세 시부터 행복해지기 시작할거야.

If you come at four o'clock in the afternoon,
then at three o'clock I shall begin to be happy.

다음날 어린 왕자가 다시 찾아왔다.

"늘 같은 시간에 오는 게 좋을 거야."

여우가 말했다.

"예를 들면 네가 오후 네 시에 온다면 난 세 시부터 행복해지기 시작할거야. 시간이 지날수록 난 점점 더 행복해지겠지. 네 시에는 들떠서 안절부절 못할 거야. 너는 내가 얼마나 행복한지 보게 될 거야! 하지만 네가 아무 때나 온다면 내 마음이 몇 시에 너를 맞이할 준비를 해야 할지 모르잖아… 누구나 적절한 의식(儀式)을 지켜야 해."

"의식이 뭐야?"

어린 왕자가 물었다.

"그것 역시 너무나 소홀히 취급받고 있는 거야."

여우가 말했다.

"그건 어떤 하루를 다른 날들과 다르게 만들고, 어떤 시간을 다른 시간과 다르게 만드는 거지. 예를 들면 내가 아는 사냥꾼들에게도 의식이 있어. 목요일이면 그들은 마을 처녀들과 춤을 추지. 그래서 목요일은 나에게 신나는 날이지! 난 포도밭까지 산보를 갈 수 있어. 만일 사냥꾼들이 아무 때나 춤을 추면, 모든 날이 똑같아져 버리잖아. 그럼 나에겐 휴일이 없어질 거야."

그래서 어린 왕자는 여우를 길들였다. 떠날 시간이 다가왔을 때 여우는 말했다.

"아! 난 울고 말거야."

"그건 네 잘못이야. 나는 네 마음을 아프게 하고 싶지 않았어.

하지만 넌 내가 길들여주길 원했잖아…"

어린 왕자가 말했다.

"응, 그렇지."

여우의 말이었다.

"하지만 넌 울고 말겠지!"

어린 왕자가 말했다.

"응, 그렇겠지."

여우가 말했다.

"그러면 넌 이익을 얻은 게 아무것도 없잖아!"

"이익 본 게 있어. 밀밭의 색깔 때문에 말이야."

여우가 말했다.

잠시 후 그가 다시 말을 이었다.

"장미꽃들을 다시 가서 봐. 너는 네 장미꽃이 세상에 오직 하나뿐이라는 걸 알게 될 거야. 그리고 내게 돌아와서 작별인사를 해줘. 그러면 내가 네게 한 가지 비밀을 선물할게."

어린 왕자는 장미들을 보러 갔다.

"너희들은 나의 장미와 조금도 닮지 않았어. 너희들은 아직 아무것도 아니야."

그들에게 그는 말했다.

"아무도 너희들을 길들이지 않았고 너희는 아무도 길들이지 않았어. 너희는 예전 내가 처음 보았을 때의 여우와 같아. 그는 수많은 다른 여우들과 같은 여우일 뿐이었어. 하지만 내가 그를 친구로 만들었기 때문에 그는 이제 이 세상에 오직 하나뿐인 여우야."

그러자 장미꽃들은 어쩔 줄 몰라 했다.

"너희들은 아름답지만 텅 비어 있어."

그가 계속했다.

"누가 너희를 위해서 죽을 수 없을 테니까. 물론 내 꽃은 지나가는 행인에겐 너희와 똑같이 보이겠지. 하지만 그 꽃은 내겐 너희들 모두보다도 더 소중해. 내가 그녀에게 물을 주었기 때문이지. 내가 유리덮개를 씌워 주었기 때문이고. 울타리를 만들어 보호해주기도 했어. 내가 벌레를 잡아 준 것(나비 때문에 두세 마리 남겨둔 것은 빼고)도 그 꽃을 위해서지. 그녀가 불평을 하거나 뽐내거나, 때로는 침묵을 지키는 것을 내가 귀 기울여 들어준 것도 그녀이기 때문이지. 왜냐하면 그녀는 내 장미니까."

그리고 그는 여우에게 돌아갔다.

"안녕."

그가 말했다.

"안녕."

여우가 말했다.

"내 비밀은 이런 거야. 아주 단순한 비밀이지. 마음으로 봐야만 잘 볼 수 있다는 거야. 가장 중요한 건 눈에 보이지 않는단다."

"가장 중요한 건 눈에는 보이지 않는다."

잊지 않기 위해 어린 왕자가 반복했다.

"너의 장미를 그토록 소중하게 만든 건 그 꽃을 위해 네가 소비한 그 시간이란다."

"내가 내 장미를 위해 소비한 시간이다…"

잘 기억하기 위해 어린 왕자가 말했다.

"사람들은 이 진리를 잊어버렸어."

여우가 말했다.

"하지만 너에겐 네가 길들인 것에 대해 영원히 책임이 있어. 너는 네 장미에 대해 책임이 있어…"

"나는 장미에 대해 책임이 있어…"

잘 기억하기 위해 어린 왕자가 따라했다.

22

"안녕하세요."

어린 왕자가 말했다.

"안녕."

철도 전철수(轉轍手 철도에서 차량을 다른 선로로 옮기는 장치를 조작하는 사람)가 말했다.

"여기서 무슨 일을 하고 있어?"

어린 왕자가 물었다.

"나는 승객을 천 명씩 나눠 보내는 일을 한단다. 그들을 싣고 가는 객차를 이번엔 오른쪽으로, 어느 때는 왼쪽 선로로 보내는 거지."

전철수가 말했다.

불을 환히 켠 급행열차가 천둥처럼 소리를 내고 전철수의 조종실을 흔들며 질주했다.

"저 사람들은 몹시 서두르는군. 그들은 뭘 찾고 있지?"

어린 왕자가 물었다.

"그건 기관사도 몰라."

전철수가 말했다.

그러자 반대 방향에서 불을 켠 두 번째 급행열차가 천둥소리를 냈다.

"그들이 벌써 돌아오는 거야?"

어린 왕자가 물었다.

"아까 그 사람들이 아니야. 서로 엇갈리는 거지."

"그들은 있던 곳에서 만족하지 않았나 보지?"

어린 왕자가 물었다.

"사람은 자기가 있는 곳에서는 만족하지 않는단다."

전철수가 말했다.

그러자 세 번째의 불을 밝힌 급행열차가 우렁차게 달려왔다.

"저 사람들은 첫 번째 승객들을 쫓아가고 있는 거야?"

어린 왕자가 물었다.

"쫓아가는 건 아냐."

전철수가 말했다.

"그들은 저기에서 잠을 자거나 아니면 하품을 하고 있어. 어린 아이들만이 유리창에 코를 납작대고 밖을 보고 있지."

"어린 아이들만이 자기가 무엇을 찾고 있는지를 알고 있어."

어린 왕자가 말했다.

"그들은 봉제인형을 가지고 시간을 보내지. 그것은 그들에겐 아주 중요하거든. 그래서 누가 그것을 빼앗아 가면 아이들은 울지…"

"아이들은 행복하구나."

전철수가 말했다.

23

"안녕하세요."

어린 왕자가 말했다.

"안녕."

장사꾼이 말했다.

그는 갈증을 없애주는 새로 나온 알약을 파는 사람이었다. 일주일에 한 알만 먹으면 아무것도 마시고 싶은 욕망을 느끼지 않게 된다는 것이었다.

"왜 이걸 팔아?"

어린 왕자가 말했다.

"이게 시간을 엄청나게 절약시켜 주거든. 전문가들이 계산해 봤는데. 이 약을 먹으면 매주 53분씩 벌게 되는 거야."

장사꾼이 말했다.

"그 53분으로 뭘 하지?"

"하고 싶은 걸 하지…"

'만일 나에게 마음대로 사용할 53분이 있다면 신선한 물이 담긴 샘을 향해 천천히 걸어갈 거야…'

라고 어린 왕자는 생각했다.

24

사막에서 비행기가 고장을 일으킨 지 8일째 되는 날이었다. 나는 비축해 두었던 물의 마지막 남은 한 방울을 마시며 장사꾼에 관한 이야기를 들었다.

"네 경험담은 참 아름답구나. 하지만 난 아직 비행기를 고치지 못했어. 더 마실 것도 없고. 맑은 물이 담긴 샘을 향해 천천히 걸어갈 수만 있다면 나도 행복하겠다!" 라고 말했다.

"내 친구 여우는…"

그가 말했다.

"꼬마 친구. 이제 여우 이야기나 할 때가 아냐!"

"왜?"

"난 목이 말라 죽을 것 같으니까…"

그는 내 말을 알아듣지 못하고 이렇게 대답했다.

"죽어간다 해도 친구가 있다는 건 좋은 일이야. 난 여우 친구가 있었다는 게 무척 기뻐…"

'저 애는 위험이 어느 정도인지 짐작을 못하는군. 그는 배고픔도 갈증도 느낀 적이 없다. 햇살만 조금 비치면 그에겐 충분한 거야.' 하고 나는 생각했다.

그런데 그가 나를 가만히 바라보더니 내 마음을 읽은 듯 이렇게 대답하는 것이었다.

"나도 목이 말라… 샘을 찾으러 가!"

나는 지쳤다는 몸짓을 했다. 막막한 사막 한가운데에서 무턱대고 우물을 찾아 나선다는 건 어처구니없는 일이기 때문이다. 하지만 우리는 걷기 시작했다.

몇 시간 동안을 말없이 걷다 보니 어둠이 내리고 별들이 나타났다. 나는 갈증 때문에 열이 조금 났으므로 마치 꿈을 꾸는 것처럼 별들을 쳐다봤다. 어린 왕자의 마지막 말이 내 기억 속에 흐릿하게 떠올랐다.

"너도 목이 마르니?"

내가 물었다.

하지만 그는 내 질문에 대답하지 않고 그저 이렇게 말했다.

"물은 마음에도 이로운 것인데…"

나는 그의 대답을 이해하지 못했으나 잠자코 있었다…그에게 따져 묻는 것이 불가능하다는 것을 나는 잘 알고 있었다.

그는 지쳐서 앉았다. 나도 곁에 앉았다. 그러자 잠시 침묵 후에 그가 다시 입을 열었다.

"별들이 아름다운 것은 보이지 않는 한 송이 꽃 때문이야."

나는 "응, 그렇지." 라고 대답하고 말없이 달빛 아래 펼쳐져 있는 모래 능선들을 바라보았다.

"사막은 아름다워."

그가 말했다.

그것은 사실이었다. 나는 언제나 사막을 사랑해 왔다. 사막에서는 모래 언덕에 앉으면 아무것도 보이지 않고 들리지도 않는다. 그러나 뭔가 침묵 속에서 고동치고 빛나는 것이 있다.

"사막이 아름다운 것은 어딘가에 샘물을 감추고 있기 때문이지…"

어린 왕자가 말했다.

나는 갑자기 사막의 신비로운 광채를 깨닫고 깜짝 놀랐다. 어린 시절 나는 낡은 집에서 살았다. 그런데 그 집에 보물이 감춰져 있다는 전설 같은 얘기가 있었다. 물론 그것을 어떻게 찾아낼 수 있는지 아는 사람은 없었고, 그것을 찾으려 시도한 사람도 없었을 것이다. 하지만 그 전설 덕분에 우리 집은 마법에 걸린 것 같았다. 우리 집은 가장 깊숙한 곳에 보물을 감추고 있는 것이었다…

"그래. 집이든 별이든 혹은 사막이든 그들을 아름답게 만드는 건 눈에 보이지 않는 법이지!"

내가 어린 왕자에게 말했다.

"당신이 내 친구 여우와 같은 생각이어서 기뻐."

그가 말했다.

어린 왕자가 잠이 들었고 나는 그를 안고 다시 걷기 시작했다. 나는 깊은 감동에 빠졌다. 부서지기 쉬운 어떤 보물을 안고 가는 느낌이었다. 마치 지구에는 그보다 더 연약한 것이 없는 듯한 느낌까지 들었다. 창백한 이마, 감겨 있는 눈, 바람에 나부끼는 머리카락을 달빛 속에서 바라보며 나는 생각했다. '여기 내가 보는 건 껍질뿐이야. 가장 중요한 건 눈에 보이지 않아…'

살짝 열린 그의 입술이 마치 미소를 띠고 있는 것 같았다. 나는 또 생각했다. '여기 잠든 어린 왕자가 나를 그렇게 감동시킨 것은 꽃 한 송이에 대한 그의 충실성, 그가 잠들어 있을 때에도 램프의 불꽃처럼 그의 존재를 밝게 비춰주는 한 송이 장미의 모습이야…' 그러자 그가 더욱더 부서지기 쉬운 존재라고 느껴졌다. 그가 마치 한 줄기 바람에도 꺼질 수 있는 등불 같아서 나는 그를 보호해줄 필요를 느꼈다. 그리고 그렇게 걸어가다가 동틀 무렵에 나는 샘을 발견했다.

25

"사람들은 급행열차에 타고 가지만 무엇을 찾고 있는지 몰라. 그래서 바쁘게 돌아다니며 흥분하여 빙빙 돌고 있어…"

어린 왕자가 말했다.

그리고 그는 다시 말을 이었다.

"부질없는 수고일 뿐인데…"

우리가 도달한 샘은 사하라 사막의 샘과 달랐다. 사하라 사막의 샘은 그저 모래에 파놓은 구멍이다. 그런데 이것은 마을 우물과 흡사했다. 그러나 여기에 마을 같은 것은 없었다. 나는 분명히 내가 꿈을 꾸고 있다고 생각했다.

"이상하군."

내가 어린 왕자에게 말했다.

"모든 게 갖춰져 있잖아. 도르래, 물통, 밧줄…"

그는 웃으며 밧줄을 잡고 도르래를 움직였다. 그러자 도르래는 오랫동안 바람을 잊어버린 낡은 풍향계처럼 삐걱거렸다.

"들려? 우리가 우물을 잠에서 깨우니까 우물이 노래를 하고 있어."

어린 왕자가 말했다.

나는 그에게 밧줄을 당기는 힘든 일을 시키고 싶지 않았다.

"내가 할게. 너에겐 너무 무거워."

내가 말했다.

나는 천천히 두레박을 우물 가장자리의 돌까지 들어 올려놓았다. 그렇게 물을 올리느라 힘들었지만 행복했다. 도르래의 노랫소리는 아직도 내 귀에 울리고, 아직도 출렁이는 물속에는 햇살이 빛나는 게 보였다.

"이 물을 마시고 싶어. 물을 좀 줘…"

어린 왕자가 말했다.

그래서 나는 그가 무엇을 찾고 있었는지를 깨달았다.

나는 두레박을 그의 입술로 가져갔다. 그는 눈을 감고 물을 마셨다. 어떤 특별한 축제의 음식처럼 달콤했다. 그 물은 분명 보통 음식물과는 다른 것이었다. 그 달콤함은 별빛 아래 걷기와 도르래의 노래와 내 팔의 수고로 태어난 것이었다. 그것은 마치 선물처럼 마음을 기쁘게 하는 것이었다. 내가 어린 꼬마였을 때는 크리스마스 추리의 불빛과 자정미사의 음악과 사람들의 부드러운 미소가 내가 받는 선물을 빛나는 것으로 만들어 주었다.

"당신이 사는 곳의 사람들은 한 정원에 장미를 5천 송이나 키우지만 그들이 찾는 것을 거기서 발견하지 못해."

그는 웃으며 밧줄을 잡고 도르래를 움직였다.

He laughed, touched the rope, and set the pulley to working.

어린 왕자가 말했다.

"그래. 발견하지 못하지."

내가 대답했다.

"하지만 그들이 찾는 것은 꽃 한 송이나 물 한 모금에서 발견할 수도 있어."

"그래, 사실이야."

내가 대답했다. 그러자 어린 왕자가 말했다.

"그렇지만 눈으론 볼 수가 없어. 마음으로 봐야 해."

나도 물을 마시고 나니 편히 숨을 쉴 수가 있었다. 해가 뜨면 모래는 꿀 같은 색을 띤다. 나는 그 꿀 빛깔에도 행복했다. 그런데 서글픈 생각이 드는 건 무슨 까닭일까?

"당신은 약속을 지켜 줘."

어린 왕자가 다시 내 옆에 앉으며 살며시 말했다.

"무슨 약속?"

"알잖아… 내 양에게 씌워줄 입마개… 난 그 꽃에 책임이 있어!"

나는 대충 그려 두었던 그림을 주머니에서 꺼냈다. 어린 왕자는 그림을 관찰하더니 웃으며 말했다.

"당신이 그린 바오밥 나무는 양배추처럼 생겼어…"

"저런!"

바오밥 나무 그림에 대해 난 꽤나 우쭐했었는데!

"여우 그림은… 귀가 뿔처럼 생겼고 너무 길어." 그리고 또 웃었다.

"어린 왕자, 너 그렇게 말하면 심한 거야. 나는 겉이나 속이 보이는 보아 구렁이밖에 못 그린다니까."

"아, 괜찮아. 아이들은 이해하니까."

그가 말했다. 나는 그래서 연필로 입마개를 그렸다. 입마개를 어린 왕자에게 주면서 가슴이 아팠다.

"넌 내가 모르는 어떤 계획을 하고 있구나."

하지만 그는 대답하지 않고 이렇게 말했다.

"내가 지구에 내려온 지도… 내일이면 1년째야."

그리고 잠시 조용히 있던 그가 말을 계속했다.

"바로 이 근처에 떨어졌었어."

그는 얼굴을 붉혔다.

그러자 나는 또 다시 까닭 모를 묘한 슬픔에 잠겼다. 그런데도 한 가지 의문이 떠올랐다.

"그럼 일주일 전 내가 너를 처음 본 날 아침, 사람 사는 곳에서 수천 마 일 떨어진 여기서 네가 혼자 걷고 있었던 것은 우연이 아니구나. 네가 내려온 지점으로 돌아가고 있는 거야?"

어린 왕자는 다시 얼굴을 붉혔다.

그래서 내가 머뭇거리며 말했다.

"아마 1주년 기념 때문이겠지?"

어린 왕자는 또 얼굴을 붉혔다. 그는 결코 묻는 말에 대답하진 않았으나 얼굴을 붉힌다는 것은 긍정을 뜻하는 게 아닌가? 내가 그에게 말했다.

"아, 난 두려워지는구나…"

그런데 그가 말을 가로막았다.

"당신은 이제 일을 해야 해. 비행기로 돌아가. 난 여기서 당신을 기다리고 있을게. 내일 저녁에 돌아와 줘…"

하지만 나는 마음이 놓이지 않았다. 여우가 생각났다. 자기가 길들여지도록 맡긴 사람은 눈물 흘릴 각오를 해야 해…

26

우물 옆에는 폐허가 된 오래된 돌담이 있었다. 다음날 저녁, 일을 하고 돌아와 보니 어린 왕자가 그 위에 걸터앉아 다리를 늘어뜨리고 있었다. 그리고 이런 말을 하는 게 들렸다.

"기억을 못하는 거야? 장소는 정확히 여기가 아니야."

다른 목소리가 대답을 한 모양이었다. 그가 거기에 대답을 했다.

"맞아, 맞아! 날짜는 오늘이 맞지만 장소는 여기가 아냐."

나는 돌담을 향해 걸어갔다. 아무도 보이지 않고 들리지도 않는데도 어린 왕자는 다시 대답을 했다.

"…맞아. 모래 위의 내 발자국이 어디에서 시작되는지 가서 봐. 거기서 날 기다리면 돼. 오늘 밤 거기로 갈께."

나는 돌담에서 불과 20미터 되는 거리에 있었는데 여전히 아무것도 눈에 띄지 않았다.

어린 왕자는 잠시 침묵을 지키다가 말을 했다.

"너는 대단한 독을 갖고 있니? 분명히 날 오랫동안 아프게 하지 않을 거지?"

나는 걸음을 멈췄다. 내 가슴은 산산조각이 났다. 하지만 아직 무슨 이야기인지 알아차리지 못했다.

"그럼 이제 가봐. 나 이제 내려갈 거야!"

그가 말했다.

그래서 나도 돌담 밑으로 시선을 내려 보다가 기겁을 하고 말았다! 거기에는 30초 만에 사람의 목숨을 끊을 수 있는 노란 독사가 어린 왕자를 향해 몸을 꼿꼿이 세우고 있었던 것이다. 나는 권총을 꺼내려고 주머니를 뒤지며 뒷걸음질 했다.

그러나 내 발자국 소리에 뱀은 꺼져가는 분수처럼 모래 속으로 스르르 미끄러져 들어가더니 가벼운 금속성 소리를 내며 조금도 허둥대지 않고 돌 틈으로 교묘히 몸을 감추어 버렸다.

나는 돌담에 이르러 얼굴이 눈처럼 창백해진 나의 어린 왕자를 간신히 품에 안을 수 있었다.

"이게 어떻게 된 거지? 왜 뱀과 이야기를 했어?"

나는 그가 언제나 목에 두르고 있는 금빛 머플러를 풀었다. 그의 관자놀이에 물을 적시고 물을 마시게 했다. 그러나 이제 더 이상 그에게 뭔가를 물어 볼 용기가 나지 않았다. 그는 나를 진지한 빛으로 바라보더니 내 목에 두 팔을 감았다. 그의 심장이 마치 총에 맞아 죽어가는 새의 심장처럼 뛰는 것이 느껴졌다.

"당신이 비행기의 어디가 고장인지 알게 되어 기뻐. 이제 집

그럼 이제 가봐. 나 이제 내려갈 거야!

Now go away……
I want to get down from the wall.

에 돌아갈 수 있겠네…”

“네가 그걸 어떻게 알지?”

거의 기대하지도 못했는데 뜻밖에 수리에 성공했다는 걸 그에게 말하려던 참이었다. 그는 내 물음에 아무 대답도 하지 않고 이렇게 덧붙였다.

“나도 오늘 집으로 돌아가…”

그러더니 쓸쓸히,

“내가 갈 길은 훨씬 더 멀고… 훨씬 더 어려워…”

뭔가 중대한 일이 일어나고 있음을 나는 뚜렷이 느낄 수 있었다. 나는 그를 어린 아이처럼 품안에 꼭 껴안았다. 그런데 내가 붙잡을 사이도 없이 그는 곤두박이로 깊은 심연 속에 추락하고 있는 것 같았다.

그는 아득한 곳에서 길을 헤매는 듯한 심각한 눈빛이었다.

“나에겐 당신에게 받은 양이 있어. 그리고 양을 위한 상자도 있고. 입마개도 있고…”

그리고 그는 슬픈 미소를 지었다.

나는 오랜 시간을 기다렸다. 그가 조금씩 조금씩 살아나는 것을 느낄 수 있었다.

“어린 친구, 두려워하고 있구나…”

그가 무서워하고 있던 건 틀림 없었다! 그러나 그는 가볍게 웃었다.

“오늘 저녁엔 더 무서울 거야…”

뭔가 돌이킬 수 없는 어떤 일이 일어난다는 느낌에 나는 다시 몸이 얼어붙는 것 같았다. 그 웃음소리를 더 이상 들을 수 없게 된다는 생각은 견딜 수 없는 것이다. 그것은 나에게는 사막에서 맑은 샘 같은 것이었다.

"어린 친구, 네 웃음소리를 다시 듣고 싶어."

그러나 그는 이렇게 말했다.

"오늘 밤으로 꼭 일 년째가 돼. 나의 별이, 내가 작년 이 때쯤 내려온 곳의 바로 위쪽에 보일 거야…"

"어린 친구, 그 뱀이나 약속 장소나 별 같은 이야기는 모두 나쁜 꿈이라고 말해다오…"

하지만 그는 내 부탁에 대답하지 않았다. 그는 대신 이렇게 말했다.

"중요한 것은 눈에 보이지 않아…"

"그래, 알아…"

"꽃도 마찬가지야. 어느 별에 사는 꽃 한 송이를 사랑한다면 밤에 하늘을 바라보는 게 즐거울 거야. 모든 별들이 꽃을 피울 테니까…"

"그래…"

"물도 마찬가지야. 당신이 내게 마시라고 준 물은 음악 같은 것이었어. 도르래와 밧줄 덕분에… 물맛이 얼마나 좋았는지 기억하겠지…"

"그래 알아…"

"밤이면 별들을 바라봐. 내 별은 너무 작아서 어디 있는지 지금 보여줄 수가 없어. 그 편이 더 좋아. 내 별은 당신에게는 여러 별 중의 하나가 되는 거지. 그럼 당신은 모든 별을 바라보는 게 즐거울 테니까… 별들은 모두 당신의 친구가 될 거야. 그리고 내가 선물을 하나 주려고 해…"

그는 다시 웃었다.

"아, 어린 왕자, 사랑스러운 어린 왕자! 난 그 웃음소리가 좋다!"

"그게 내 선물이야… 우리가 물을 마실 때와 마찬가지야…"

"무슨 뜻이지?"

"모든 사람들은 별을 갖고 있어. 하지만 사람에 따라 별은 서로 다른 존재야. 여행자에게 별은 길잡이지. 또 어떤 사람들에겐 그저 작은 빛일 뿐이고. 학자에게는 연구해야 할 대상이고. 내가 만난 기업가에겐 재산이지. 하지만 이 모든 별들은 침묵을 지키고 있어. 당신은 다른 누구도 갖지 못한 별들을 가지게 될 거야…"

"무슨 뜻이지?"

"당신이 밤하늘을 바라볼 때 내가 별들 중의 하나에서 살고 있을 테니까, 내가 별들 중 하나에서 웃고 있을 테니까. 모든 별들이 다 웃고 있는 듯 보일 거야. 당신만이 웃을 줄 아는 별들을 갖게 되는 거야!"

그리고 어린 왕자는 다시 웃었다.

"그리고 당신의 슬픔이 진정되면(시간은 모든 슬픔을 진정시키니까) 나와 알게 된 것을 기뻐하게 될 거야. 당신은 영원히 나의 친구로 남을 거야. 나와 함께 웃고 싶을 거고. 그래서 이따금 그런 기쁨을 위해서 창문을 열겠지… 그럼 당신 친구들은 당신이 하늘을 바라보며 웃는 걸 보고 깜짝 놀라겠지! 그러면 당신은 그들에게 이렇게 말하겠지. '그래. 별을 보면 언제나 웃음이 나와!' 그들은 당신이 미쳤다고 생각하겠지. 난 그럼 당신에게 못된 장난을 친 셈이 되겠지…"

그리고 그는 다시 웃었다.

"별들이 아니라 웃을 줄 아는 수많은 작은 방울을 내가 당신에게 준 셈이 되겠지…"

그리고 그는 다시 웃었다. 그러더니 다시 심각해졌다.

"오늘 밤은… 오지 마."

"난 네 곁을 떠나지 않을 거야."

"내가 힘들어하는 것처럼 보일 거야. 죽어가는 것처럼 보일 거야. 그런 거야. 그런 걸 보러 오지 마. 그럴 필요 없어."

"난 네 곁을 떠나지 않겠어."

그러나 그는 걱정스러웠다.

"내가 이런 얘기를 하는 건… 뱀 때문이야. 뱀이 당신을 물면 안 되거든… 뱀은 포악한 동물이야. 재미삼아 물 수도 있어…"

"난 네 곁을 떠나지 않을 거야."

그러나 그는 어떤 생각을 하고는 안심하는 듯했다.

"두 번째 물때는 독이 없다는 게 사실이야."

그날 밤 나는 그가 떠나는 것을 보지 못했다. 그는 소리도 없이 사라져 버린 것이다. 뒤쫓아 가서 그를 보았을 때 그는 빠른 걸음으로 단호하게 걷고 있었다. 그는 이렇게 말할 뿐이었다.

"아! 당신이군…"

그리고 내 손을 잡았다. 그러나 그는 다시 걱정을 했다.

"당신이 온 건 잘못이야. 마음이 아플 텐데. 내가 죽은 것처럼 보일 테니까. 진짜로 죽는 건 아니야…"

나는 아무 말도 하지 않았다.

"알다시피… 갈 길이 너무 멀어. 이 몸을 가지고 갈 수는 없어. 너무 무거워서."

나는 침묵을 지켰다.

"내 몸은 낡아서 버려진 조개껍데기 같을 거야. 낡은 조개껍데기를 보고 슬퍼할 건 없어."

나는 아무 말도 하지 않았다.

그는 조금 풀이 죽어 있었다. 그러나 다시 한 번 힘을 냈다.

"참 멋질 거야. 나도 별을 바라볼 거야. 모든 별이 녹슨 도르래가 있는 우물로 보이게 될 거야, 모든 별이 내게 마실 신선한 물을 부어 줄 거야 …"

나는 아무 말도 하지 않았다.

"참 재미있겠지! 당신은 5억 개의 작은 방울들을 가지게 되고 난 5억 개의 샘물을 가지게 될 테니…"

그리고 그도 역시 아무 말이 없었다. 그가 울고 있었기 때문이다…

"저기, 나 혼자 걸어가게 내버려둬."

하지만 그는 두려워서 그 자리에 주저앉고 말았다. 그가 다시 말했다.

"내 장미 말인데… 나는 그 꽃에 책임이 있어! 더구나 그 꽃은

나무가 쓰러지듯 그는 조용히 쓰러졌다.

모래 때문에 아무 소리도 나지 않았다.

He fell as gently as a tree falls. There was not even any sound, because of the sand.

몹시 연약하거든! 몹시도 순진하고, 쓸모없는 네 개의 가시를 가지고 외부세계에 대해 자기 몸을 지키려고 하고…"

나는 더 이상 서 있을 수가 없어서 앉았다. 그가 말했다.

"자… 이제 다 끝났어…"

그는 여전히 조금 주저하더니 일어섰다. 한 발자국을 내디뎠다. 나는 움직일 수가 없었다.

그의 발목 쪽에서 노란 한 줄기 빛이 번쩍했을 뿐이었다. 그는 한 순간 움직임 없이 서 있었다.

그는 소리치지 않았다. 나무가 쓰러지듯 그는 조용히 쓰러졌다. 모래 때문에 아무 소리도 나지 않았다.

27

그리고 지금은 벌써 여섯 해가 지나갔다…나는 이 이야기를 지금껏 한 번도 하지 않았다. 나의 귀환 때 다시 만난 친구들은 내가 살아 돌아온 걸 매우 기뻐했다. 나는 슬펐지만 친구들에겐 피곤하다고 말했다.

이제는 내 슬픔도 조금 누그러졌다. 다시 말해…완전히 사라진 것은 아니라는 뜻이다. 하지만 나는 그가 자기 별로 돌아갔다는 걸 알고 있다. 새벽에 해가 떴을 때 그의 몸을 다시 찾아볼 수 없었던 것이다. 그다지 무겁지 않은 몸이었다… 그래서 밤이면 나는 별들에 귀 기울이기를 좋아한다. 그것들은 흡사 5억 개의 작은 방울 같다…

그런데 한 가지 특별한 일이 있다. 어린 왕자에게 그려 준 입마개에 가죽 끈을 묶는 걸 내가 깜박한 것이다! 그걸 양에게 매줄 수가 없을 것이다. 그래서 나는 '그의 별에서 무슨 일이 일어

이것은 나에게 세상에서 가장 아름답고 또 가장 슬픈 풍경이다.

This is, to me, the loveliest and saddest landscape in the world.

나고 있을까? 아마 양이 꽃을 먹지는 않았을까…' 하는 궁금증이 계속 들었다.

어느 때는 '당연히 먹지 않았겠지! 어린 왕자는 그의 꽃을 매일 밤 유리덮개로 잘 덮어 놓겠지. 그리고 양을 잘 지켜볼 테고…' 라고 생각해 본다. 그러면 나는 행복해진다. 그러면 모든 별들이 달콤하게 웃는다.

어떤 때는 '어쩌다 방심할 수도 있지. 그러면 끝장인데! 어느 날 밤 그가 유리덮개를 잊었거나 양이 밤중에 소리 없이 밖으로 나왔을지도 몰라…' 하는 생각이 들기도 한다. 그러면 작은 방울들은 모두 눈물로 변한다…

여기엔 큰 수수께끼가 있다. 어린 왕자를 사랑하는 여러분에게는 나에게도 그렇듯이, 우리가 모르는 어딘가에서 우리가 본 적 없는 한 마리 양이 한 송이 장미를 먹었느냐, 먹지 않았느냐에 따라서 우주가 달라질 수 있다.

하늘을 바라보라. 생각해 보라. 양이 꽃을 먹었을까 안 먹었을까? 그러면 거기에 따라 모든 것이 달라짐을 여러분은 알게 될 것이다.

그런데 이것이 그렇게도 중요하다는 걸 어른들은 아무도 이해하지 못할 것이다!

맺음말

이것은 나에게 세상에서 가장 아름답고 또 가장 슬픈 풍경이다. 앞 페이지의 것과 같지만 여러분의 기억에 남기기 위해 다시 한 번 그린 것이다. 어린 왕자가 지상에 나타났다가 다시 사라진 곳이 여기다.

이 그림을 찬찬히 잘 봐두었다가 여러분이 나중에 아프리카 사막을 여행할 때, 이곳을 꼭 알아볼 수 있기를 바란다. 그리고 혹시 이곳을 지나가게 되면, 걸음을 서두르지 말고 잠시 별빛 아래에서 기다려 보라. 그때 만일 어떤 어린 친구가 다가오면, 그가 웃으며 머리칼이 금빛이고, 묻는 말에 대답을 하지 않으면 여러분은 그가 누구인지 알 것이다. 그런 일이 생기면 꼭 나를 위로해 주길. 그가 돌아왔다고 내게 연락해 주길 바란다.

생텍쥐페리 연표

1900년 6월 29일 프랑스 제3의 도시 리용의 몰락한 귀족 가문에서 출생.

1904년 부친 사망.

1914년 빌프랑슈 쉬르손 시의 몽그레 중학교에 입학, 3개월 후 스위스 프리브루에 있는 마리아니스트 수도회의 중고교로 옮김(~1917년).

1917년 대입 자격시험(BCCALAUREAT)에 합격.

1918년 파리의 Saint-Louis 고교에서 해군학교(l'Ecole Navale)와 국립 공예고교(l'Ecole Centrale) 입학시험을 준비.

1919년 1차 시험에 합격하지만 구두시험에서 낙방. 미술학교 건축과에 들어가 15개월 공부.

1921년 입대하여 스트라스부르 제2 전투기 연대에서 병역을 마치고 카사블랑카에서 조종사 면허를 받음.

1923년 소위로 제대. 약혼녀와 파혼.

1924년 Allier시와 Creuse시의 Saurer 트럭 공장의 주재원이 됨. 우울한 시기였으나 자주 비행함으로써 자신을 위로.

1926년 툴루즈의 라테코에르(민간항공사)에 들어가 북서 아프리카와 남대서양 및 남미를 통과하는 항공우편 항로를 개척하는 데 공헌.

1930년 〈남방 우편기〉가 출간됨. 민간 항공업무에 봉사한 대가로 레종도뇌르 훈장을 받음.

1931년 〈야간비행〉으로 페미나 문학상을 수상. 〈야간 비행〉은 곧 영어로 번역되고 미국인들에 의해 영화화됨.

1935년 일간 〈파리 쓰와르〉지의 특파원으로 모스코바를 방문하여 한 달간 체류.

1937년 〈파리 쓰와르〉의 특파원으로 내전 중인 스페인의 카라바셸과 마드리드 전선에 가서 전투 기사를 씀.

1939년 육군 정찰기 조종사가 됨. '인간의 대지' 발표하고 아카데미 프랑세즈에서 소설대상 수상.

1940년 프랑스가 함락되자 미국으로 탈출.

1943년 북아프리카 공군에 들어간 후 정찰 임무를 수행하다가 격추당함. 〈어린 왕자〉가 출간됨.

1944년 7월 31일 그르노블 안시 상공 출격을 마지막으로 행방불명. 독일군 정찰기에 격추되었으리라고 추측됨.

반석 북스 리스트

리딩 컬처북 영문독해 시리즈

각권 16,800원

내맘대로 영어
독학 첫걸음
15,000원

내맘대로 일본어
독학 첫걸음
15,000원

바로바로 병원 영어 회화
18,000원

내맘대로 영어
독학 단어장
15,000원

내맘대로 일본어
독학 단어장
15,000원

바로바로 생생 영어 동사
유창한 표현
14,000원

탑메이드북 리스트

명연설문
베스트
시리즈

각권 15,000원

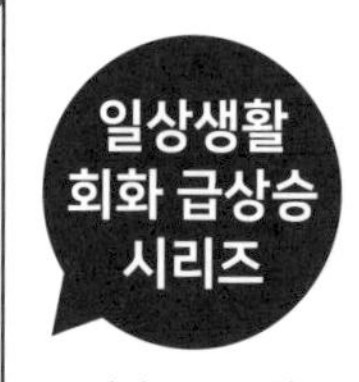

각권 15,000원

각권 15,000원

탑메이드북 리스트

일상생활 여행회화 365 시리즈

각권 14,000원

일상생활 유창한 영어회화 450
14,000원

일상생활 유창한 일본어회화 420
14,000원

일상생활 매일 중국어 365
14,000원

일상생활 5분 영어 365
13,000원

일상생활 5분 일본어 365
13,000원

영어명언 베스트 365
15,000원

탑메이드북 리스트

바로바로 독학 단어장 시리즈

각권 14,000원

바로바로 영어
독학 첫걸음
15,000원

바로바로 일본어
독학 첫걸음
15,000원

중학 필수 영단어 plus
12,000원